Journal d'un coup de foudre

Larmes et paillettes

Tome 2

L'auteur

Sarra Manning a fait des études de journalisme avant d'intégrer la revue féminine anglaise *J17*. D'abord auteur, elle a ensuite été rédactrice puis a rejoint l'équipe d'*Ellegirl*. Elle travaille aujourd'hui pour de nombreux magazines féminins et de mode : *What to wear*, *Elle*, *Seventeen*, *Heat*. Elle a publié également d'autres livres pour adolescents : *Guitar Girl*, *Pretty Things*.

Du même auteur, dans la même collection :

1. Journal d'un coup de foudre
French Kiss

3. Journal d'un coup de foudre
Baiser volé
(à paraître en mai 2006)

Vous avez aimé

Journal d'un coup de foudre

Larmes et paillettes

Écrivez-nous
pour nous faire partager votre enthousiasme
Pocket Jeunesse, 12, avenue d'Italie, 75013 Paris.

Sarra Manning

Journal d'un coup de foudre

Larmes et paillettes

Tome 2

Traduit de l'anglais par Julie Lafon

POCKET JEUNESSE

Titre original :
Diary of a Crush
Kiss and Make up

Publié pour la première fois en 2004,
par Hodder Children's Books, Londres.

Loi n° 49 956 du 16 juillet 1949 sur les publications destinées
à la jeunesse : février 2006
Written by Sarra Manning and based on the J17 column *Diary of a Crush*

ISBN 2-266-15338-2

Remerciements

Merci aux lecteurs de *J17* d'avoir adopté Edie et sa bande. Merci d'avoir attendu patiemment que ces trois ouvrages voient le jour.

À mon père, l'inégalable Gordon Shaw, qui m'a transmis son sens de l'humour et ne m'a jamais poussée à trouver un vrai boulot et qui, surtout, m'a supportée quand j'avais dix-sept ans.

Pour accompagner sa lecture, je recommande au lecteur les chansons suivantes : *The Boy With The Arab Strap*, *Tigermilk*, *If You're Feeling Sinister*, et *Catastrophe Waitress* de Belle And Sebastian.

Pour m'écrire : sarramanning@yahoo.co.uk

Note à un futur biographe

Si jamais je deviens une grande romancière anglaise avant l'âge de vingt-cinq ans et que je meure jeune dans des circonstances tragiques, on épluchera peut-être mes journaux intimes.

Le hic, c'est que j'ai caché mon précédent journal pour le soustraire au regard indiscret de ma mère et je n'arrive plus à remettre la main dessus. Alors je récapitule, dans les grandes lignes :

– Déménagement à Manchester.

– Rentrée dans un nouveau lycée. Pas un ami à l'horizon.

– Le deuxième jour, je tombe amoureuse d'un garçon lunatique inscrit en arts plastiques, Jim.

– Alice, la meilleure copine de Jim depuis la maternelle, devient MA *meilleure copine.*

– J'ai une ennemie jurée : Mia, l'ex de Jim, qui a mis le grappin sur Paul, l'ex d'Alice, mais c'est raté car maintenant Alice et Paul sont à nouveau ensemble.

– Après des mois de « french kiss » passionnés (et Jim qui se comportait comme un parfait crétin juste après), on est partis en voyage scolaire à Paris. Depuis, on sort ensemble. Comme un vrai couple, quoi.

– Mes cheveux sont beaucoup plus blonds qu'à l'époque où j'écrivais le journal mentionné plus haut. Parce que je le vaux bien.

Journal d'Edie

Manchester

8 avril

Dans mon journal, j'ai glissé une photo de Jim et moi sur le pont du ferry qui nous ramène de France. Jim, le bras autour de mon épaule, me regarde du coin de l'œil en souriant d'un air attendri, comme si j'étais la huitième merveille du monde. Devant la glace à la vanille avec des pépites de chocolat (j'ai appris récemment qu'en émiettant des cookies dedans on multiplie le taux de sucre par deux). On pose par un vent de force dix. Ses cheveux brun foncé sont encore plus en pétard que d'habitude et un sourire doux éclaire ses traits anguleux.

Pas de doute, il a l'air content d'être mon petit ami.

Mais, cette dernière semaine, j'ai fait une découverte fracassante : sortir avec un garçon, ce n'est pas du tout comme je l'imaginais. Non, rectification : sortir avec Jim, c'est exactement comme je l'imaginais. Dans mes pires cauchemars.

Il m'a raconté sur le bateau que sortir ensemble, ce serait pareil qu'avant, en mieux. Et qu'on continuerait à traîner, comme au bon vieux temps, sauf qu'on s'embrasserait, qu'on se ferait des câlins, bref tous les trucs d'amoureux. Eh bien, c'est archi-faux !

Car, maintenant que Jim est mon petit ami, je dois me coltiner ses bizarreries. Et il y a des règles à respecter. Attention, il ne m'a pas fourni de liste, mais s'il en avait écrit une, voilà ce que ça donnerait :

1. Ne jamais venir chez moi. JAMAIS.
2. Ne pas me donner la main en public.
3. Baisers, câlins (et trucs d'amoureux en général) limités aux coins sombres.
4. Petits noms affectueux strictement interdits.
5. Ne pas s'attendre que j'appelle quand j'ai promis de le faire. Ne pas espérer non plus que j'arrive à l'heure, en particulier le dimanche midi, quand je suis invité à déjeuner chez tes parents.

Je suis d'accord avec certains points. Avec la majorité d'entre eux, même. Et ma technique pour embrasser s'est nettement améliorée avec les travaux pratiques, mais Jim était bien plus affectueux quand on était de simples amis qui se chamaillaient.

9 avril

Au lycée, j'étais assise avec Alice près de la fontaine, quand j'ai vu Jim venir vers nous de sa démarche nonchalante.

— Oh non, Edie, a marmonné Alice en l'apercevant à son tour. Vous n'allez pas encore vous bécoter !

À ce stade, on dirait que tu t'es fait injecter du collagène dans les lèvres.

— Arrête, ai-je répondu d'un ton plaintif. À t'entendre, je ne fais que ça, embrasser mon copain.

Elle a froncé les sourcils :

— Oh, alors, je dois confondre avec quelqu'un d'autre.

— Quelle main ?

Jim s'est planté devant moi, les mains derrière le dos. Mon cœur a bondi dans ma poitrine. Un cadeau ?

— La gauche ?

Il m'a adressé un grand sourire.

— Bonne réponse, a-t-il répondu en agitant une clé sous mon nez.

— Qu'est-ce que c'est que ça ?

Bien sûr que je savais de quoi il s'agissait mais quelques précisions s'imposaient.

— La clé de la chambre noire. Tu viens ?

— Le romantisme n'est pas mort, a marmonné Alice tandis que je suivais Jim à l'intérieur du bâtiment d'arts plastiques.

J'avais prévu de lui mettre les points sur les i mais, une fois dans la chambre noire, il s'est jeté sur moi et j'ai un peu oublié. Il m'a coincée contre l'agrandisseur pour m'empêcher de m'échapper, mais de toute façon, je n'en avais aucune envie. Je me sentais molle et léthargique comme Pudding quand elle fait la sieste au soleil. Je commençais à perdre la tête sous ses baisers quand la porte s'est ouverte à la volée.

— Dégage ! a rugi Jim sans prendre la peine de se retourner.

Ce qui n'était pas très intelligent de sa part. C'est du moins ce qu'a déclaré Martyn, notre prof de photo. Il nous a passé un énooorme savon. Ça, il ne plaisantait pas.

On s'est mis dans un sacré pétrin. J'ai été convoquée dans le bureau de mon prof principal et renvoyée chez moi pour le reste de l'après-midi. En même temps, il y a pire, comme punition.

Postée devant l'entrée du lycée, j'étais en train d'appliquer du baume sur mes lèvres, quand Jim s'est dirigé vers moi.

— Booon, on va chez toi ? a-t-il susurré.

— J'ai été à deux doigts de me faire renvoyer avec un mot ! Tu sais bien que mes parents n'apprécient pas qu'on reste en tête à tête.

C'est la vérité. Ils ne sont pas transportés de joie à l'idée que je sorte avec Jim. Il est interdit de séjour dans ma chambre à moins de laisser la porte ouverte. Il ne leur est pas venu à l'esprit qu'on pouvait avoir plein de gestes déplacés dans des tas d'autres endroits, mais ce n'est pas moi qui vais dissiper leurs belles illusions.

— Allez, Edie ! s'est exclamé Jim en me poussant du coude. Je n'ai pas envie de rentrer chez moi et Martyn m'a prié d'éviter de le croiser aujourd'hui.

— Bon, d'accord. De toute façon, il faut que je te parle.

— Ça promet, a-t-il marmonné entre ses dents.

Sur quoi je l'ai foudroyé du regard.

Pendant le trajet, on a marché en silence, ce qui n'a pas arrangé mon humeur. J'avais l'impression qu'il ne savait plus comment communiquer avec moi.

— C'est quoi, ton problème ? me suis-je écriée, à peine arrivée. Pourquoi tu ne dis rien ?

— N'importe quoi ! a-t-il protesté en montant l'escalier à ma suite. C'est toi qui ne dis rien.

— À croire que je ne sers qu'à t'embrasser !

— Tu peux parler ! a rétorqué Jim en ricanant.

Puis il s'est assis à côté de moi sur le lit et m'a enlacée.

— Écoute, Edie, tu n'es pas la seule à te poser des questions. Bon, de quoi tu voulais discuter ?

J'ai haussé les épaules.

— De toi et moi. Tu ne me racontes jamais rien sur ta vie.

— C'est que je n'ai rien à raconter. En ce moment, il y a toi et c'est tout, a répondu Jim avec mauvaise humeur.

Alors j'ai commencé à m'énerver, moi aussi. On a boudé un peu, chacun dans son coin, et la dispute s'est soldée, comme d'habitude, par un baiser langoureux.

Deux minutes plus tard, on était en train de se rouler sur le lit. C'est peut-être au moment où on a atterri sur le sol avec un grand boum que ma mère s'est aperçue de notre présence. Elle a monté les marches quatre à quatre et a banni Jim de la maison pour avoir posé ses vilaines mains sur sa pauvre petite fille innocente. C'était ça ou j'étais privée de sortie.

10 avril

Je n'ai pas parlé à Jim aujourd'hui. Il a sans doute épuisé son forfait de portable. Ça me fait penser que je n'ai pas le numéro de ses parents. C'est toujours lui qui m'appelle. Bizarre, non ? Très bizarre. Plus bizarre, tu meurs. Je connais Jim depuis près d'un an. Nos bouches, quant à elles, se connaissent depuis à peine moins longtemps que ça, on pourrait donc en déduire que j'ai son numéro de téléphone fixe. Eh bien, non ! J'aurais pu passer l'annuaire en revue, mais j'ai préféré le demander à Alice.

— Tu vas me reprocher de ne pas t'avoir parlé de sa famille à problèmes, c'est ça ? a-t-elle répondu, un peu agressive.

Ouh là !

— Écoute, personne ne te force à trahir la confiance de Jim. Tu es sa plus vieille amie.

Façon déguisée d'obtenir des explications au sujet de sa remarque énigmatique sur la famille de mon amoureux. Il possède un nom peu ordinaire, Kowalski (je crois que c'est polonais ou tchèque) et je m'étais mis en tête que ses parents étaient des dissidents de l'ancien bloc soviétique venus démarrer une nouvelle vie en Angleterre avec leur petit garçon, loin du totalitarisme et de l'oppression communistes, mais j'ai sans doute été très influencée par mon cours d'histoire.

J'étais en train de me représenter la mère de Jim, jeune et belle, protégeant son bébé des griffes d'un milicien au cœur de pierre, quand Alice m'a tirée de ma rêverie.

— Ça va, c'était bien, le petit voyage dans la lune ?

— Jim ne m'a jamais dit qu'il avait une famille à problèmes, ai-je rétorqué. Il n'a même jamais mentionné qu'il avait une famille. Je commençais à croire qu'il avait été fabriqué dans une usine spécialisée en garçons tendance artistes.

Alice s'est mise à tripoter nerveusement une des innombrables babioles qui encombraient sa table de nuit.

— Désolée, mais parfois c'est difficile de servir de tampon entre vous deux.

Puis elle m'a déballé sa vie intime avec Paul (ce que j'en pense ? Beeeeuuurk !) avant de me raconter qu'elle soupçonnait Mia d'être derrière les coups de fil bizarres qu'elle recevait ces derniers temps. Si bien que j'ai oublié d'appeler Jim.

Pour finir, je suis rentrée très tard à la maison et la Mère Supérieure a piqué sa crise. Comme d'hab. Elle et mon père allaient passer un long week-end à Brighton chez les grands-parents (merci, petit Jésus !) et Jim avait téléphoné vingt fois.

Mes parents étaient persuadés que mon petit ami, planqué à proximité de la maison, attendait qu'ils aient franchi la porte pour me violer sur leur nouveau tapis Ikea. Ma mère ne l'a pas formulé en ces termes mais pas loin. Moment critique dans la vie d'une adolescente : le jour où sa génitrice, qui d'ordinaire se refuse à aborder le sujet du sexe, décide de mettre les pieds dans le plat et envisage le cas où l'idée viendrait à sa fille d'avoir des relations sexuelles sur un élément quelconque du mobilier. Je crois que je ne suis pas près d'oublier la scène...

Bref, à force de taper du pied et de pousser des cris indignés (ce qui s'est révélé beaucoup plus efficace qu'un discours argumenté), j'ai réussi à les convaincre que je n'avais pas vu Jim de la journée et ils sont partis. Faux départ car... ils sont revenus pour m'assaillir de recommandations de dernière minute au sujet de la chaudière et du vermifuge pour le chat. Et ils sont repartis. J'ai prévu une soirée poisson pané / DVD d'Orlando Bloom.

10 avril (plus tard)

Aïe, Jim sera là d'une minute à l'autre. Je n'avais pas l'intention de l'inviter mais quand il a appris que mes parents s'absentaient quarante-huit heures, impossible de lui faire entendre raison. Il ne m'a pas expressément demandé s'il pouvait rester cette nuit, mais comme il est déjà dix heures et demie...

Oh ! là là, il vient de sonner à la porte...

11 avril

Jim, le doigt vissé sur la sonnette, s'est redressé quand j'ai ôté la chaîne de sécurité de la porte pour risquer un œil au-dehors.

Je l'ai accueilli en fanfare :

— Qu'est-ce qui me prouve que tu n'es pas un serial killer ? Ce serait bien ma veine...

— Salut, a-t-il chuchoté, un sourire un peu crispé sur les lèvres. Je t'ai apporté un petit cadeau.

D'habitude, les cadeaux de Jim ont toujours un rapport avec les baisers (du baume pour les lèvres, du chocolat « pour recharger les batteries », etc.), aussi je craignais qu'il ne m'offre de l'alcool ou des préservatifs pour arriver à ses fins.

Mais il a agité un sac en plastique sous mon nez. À l'intérieur, un tee-shirt seventies avec un superlogo.

— Waouh, j'adore ! me suis-je écriée en me jetant dans ses bras.

J'étais ravie, et surtout soulagée : pas de grande discussion sur le sexe en prévision.

— Essaie-le !

— Tu vas te décider à entrer ou tu comptes passer la nuit dehors ?

Soudain, ça me faisait drôle de le voir là : en général, quand il vient, on reste dans ma chambre. Pourtant, sans la présence des parents, j'avais des scrupules (comme quoi, les sermons maternels sur les risques de grossesse prématurée ou les rapports sexuels avant l'heure ont fini par porter leurs fruits).

Sauf que je ne tenais pas non plus à ce que Jim aperçoive le salon (et mes photos de classe pourries par la même occasion). Je n'avais jamais remarqué à quel point c'était petit et moche, chez nous, avec tous ces tableaux tartignolles, avant que Jim n'y aille de son commentaire narquois devant les reproductions de Canaletto.

— Très joli. Comme je le dis toujours, rien de tel que des peintures vénitiennes de la fin du XVIIe siècle pour égayer un intérieur.

— Mes parents sont allés à Venise en voyage de noces, ai-je expliqué à contrecœur. Et les tiens ?

J'avais parlé sans réfléchir. Pas très malin, comme question. Il faut que je fasse gaffe à ce que je raconte.

Jim a ignoré ma tentative grossière pour lui arracher des confidences.

— Enfin seuls ! a-t-il susurré. Et pas d'autorité parentale dans un rayon de trois cents kilomètres.

— Euh... Du thé ?

Il m'a suivie dans la cuisine et ne m'a pas quittée des yeux tandis que je remplissais la bouilloire et que j'essayais de dénicher des tasses sans slogans débiles comme « Meilleur papa du monde » ou encore « Attention, chat méchant ». Plus ringard que chez moi, ça n'existe pas.

Jim a brusquement rompu le silence :

— On croirait que tu as peur de rester seule avec moi.

J'ai rougi jusqu'aux oreilles.

— Non, pas du tout.

— Je ne vais pas me jeter sur toi sous prétexte que tes parents sont partis. À moins que tu me le demandes gentiment, bien sûr.

— Quel charmeur ! ai-je marmonné. La situation est un peu bizarre, voilà tout.

Le temps que Jim ait fini son thé, il était minuit passé. Pas de doute, quelque chose le chiffonnait : il n'avait pas encore tenté de m'embrasser. Quand je me suis levée pour aller ranger sa tasse dans le lave-vaisselle, il m'a attirée sur ses genoux puis a enfoui son visage dans mon cou.

— Qu'est-ce qui ne va pas, Jim ? ai-je demandé en l'enlaçant. Allez, dis-moi tout.

Jim m'a serrée plus fort contre lui.

— Oh... rien.

— Jim !

— Ma mère m'a fichu dehors, a-t-il fini par avouer. Pas de quoi s'affoler, elle me fait le coup à peu près tous les quinze jours.

— Mais qu'est-ce qui s'est passé ?

— Rien de bien méchant, a-t-il répondu avec une mimique désabusée. J'ai oublié de remettre le lait dans le frigo, et la fois d'avant, j'étais rentré en retard à la maison. Elle pète les plombs de temps à autre.

J'avais du mal à suivre. Quand ma mère pète les plombs, c'est parce que je lui ai piqué ses boucles d'oreilles préférées ou que j'ai bidouillé l'ordinateur. Mais jamais elle ne me jetterait à la rue. Jamais de la vie !

— C'est peut-être la ménopause, ai-je hasardé.

Pour toute réponse, Jim a ricané.

— Je suis désolée, Jim.

Je me suis dégagée avec douceur pour le prendre à mon tour dans mes bras.

— Ça va s'arranger.

C'était la seule chose à dire, non ?

Et, je sais que ça a l'air idiot, mais Jim semblait content que, pour changer, ce soit moi qui l'étreigne, et pas l'inverse.

— Je ne sais pas ce que je ferais sans toi, a-t-il murmuré, la bouche dans mes cheveux.

Il a passé la nuit dans la chambre d'amis. Croix de bois croix de fer, si je mens, je vais en enfer !

12 avril

Quand il s'est levé le lendemain, je lui ai donné une serviette propre et je lui ai préparé un petit déjeuner avant qu'il parte travailler (comme tous les samedis).

Un vrai couple, quoi !

On n'avait pas décidé s'il revenait dormir le soir à la maison. J'étais censée plancher sur un devoir d'histoire. En fait, j'ai rêvassé la majeure partie de la journée, me demandant si je devais l'appeler et lui proposer de rester une nuit de plus.

En général, on se voit le samedi soir, mais je ne voulais pas lui mettre la pression. Je m'étais angoissée pour rien parce qu'il a fini par me téléphoner. Il voulait savoir si j'avais envie de vin au dîner. J'ai passé le reste de l'après-midi à m'imaginer qu'on habitait ensemble pour de bon. Sauf qu'on partageait un super-appartement new-yorkais à la Sex and the City et pas un pavillon de banlieue. On a passé une soirée géniale. J'avais débarrassé le salon des objets potentiellement humiliants et, vautrés sur le canapé, on a bavardé en sirotant du vin.

Au beau milieu d'un débat un peu mou – du genre : faut-il interdire la Star Ac' ? –, Jim a changé de sujet :

— Tu as de la chance, tu sais. Tu vis dans une jolie maison avec des parents qui se sentent concernés...

— Tu te fiches de moi ! Mes parents me rendent dingue.

— Eux, au moins, ne SONT pas dingues, a objecté Jim, plein d'amertume, et la température de la pièce est brusquement retombée en dessous de zéro.

— Désolée. J'essaie de réfléchir avant de parler, mais je ne suis pas encore au point.

J'ai posé mon verre et pris ses mains dans les miennes. Il avait l'air si malheureux !

— Tu as de la chance, a-t-il poursuivi. Pour ton père et ta mère, tu comptes plus que tout. Même quand tu te disputes avec eux, c'est pour des broutilles, et ils continuent à t'aimer après. Ils ne cesseront jamais de t'aimer.

Là, je me suis sentie carrément nulle et immature. C'est vrai, je casse sans arrêt du sucre sur le dos de mes parents parce qu'ils me traitent comme un bébé. Mais, comparée à Jim qui n'a même plus de toit, je ne suis qu'une petite princesse trop gâtée.

— Normal que je me dispute avec eux, ai-je expliqué d'une voix mal assurée. J'ai dix-sept ans, c'est mon boulot.

Jim m'a fait un petit sourire triste. On a gardé le silence quelques instants, puis il s'est allongé sur le sofa en posant la tête sur mes genoux. J'ai commencé à lui caresser les cheveux, et je suis sûre et certaine de l'avoir entendu ronronner de plaisir. Puis je lui ai gratouillé le cou (Pudding adore ! Quand je lui gratte le cou, ses pattes deviennent molles comme des spaghettis !) et ça n'a pas paru lui déplaire non plus.

En le voyant si alangui et détendu, je me suis dit que c'était le bon moment :

— Jim, je ne sais rien de toi...

Aïe ! Il s'est brusquement raidi. D'abord, j'ai cru qu'il n'allait pas répondre et soudain, il m'a ouvert son cœur : il m'a parlé de son père parti dix ans plus tôt, de son projet de quitter la maison, mais sa mère était trop instable. Elle se mettait souvent en colère contre lui, elle avait des mots très durs... et devenait hystérique dès qu'il faisait ses bagages. Visiblement, cette histoire le déprimait beaucoup – une fois lancé on ne l'arrêtait plus. Il se passait sans cesse la main sur le visage, comme pour retenir ses larmes, et moi, je ne savais pas quoi faire à part lui caresser les cheveux.

— J'imagine qu'au fond je l'aime, parce qu'elle est ma mère, a-t-il conclu. Mais le plus souvent, je la hais.

Il s'est levé du canapé.

— J'ai besoin d'un verre d'eau.

Quand il est revenu, il semblait apaisé mais vous savez ce qui m'a mise en rogne ? Il a commencé son cinéma : il valait mieux qu'il parte, il ne voulait pas s'imposer, bla bla bla. Tout ça parce qu'il avait honte de s'être confié. Je le connais bien, à force. Je ne le considère plus systématiquement comme le garçon le plus cool de la terre. Parfois, c'est juste un garçon ordinaire avec son lot de galères.

— Maintenant que tu es là, tu n'as qu'à dormir ici, ça ne pose pas de problème. En plus, il est très tard.

Jim, les mains dans les poches, a fait la moue.

— D'habitude, je squatte chez Simon, Paul ou Alice.

De mon côté, j'en avais gros sur la patate :

— Comment se fait-il que tu ne m'aies jamais parlé de tes problèmes auparavant ?

OK, ce n'était pas la chose à dire, mais je ne supportais pas l'idée qu'il se confie aux autres et pas à moi.

Jim s'est rassis sur le canapé et m'a donné un coup de coude dans les côtes.

— Oh, ne commence pas, Edie, a-t-il grommelé. Tu ne vas pas t'y mettre, toi aussi.

Pas question qu'il me touche s'il le prenait comme ça. Mais lorsque j'ai voulu me lever, il m'a retenue.

— Viens là, toi, a-t-il dit avant de m'embrasser.

Je me suis reculée.

— Ce n'est pas ainsi qu'on règle une dispute.

— Je pensais qu'il ne s'agissait que d'un petit malentendu. Et je ne suis pas d'accord, ça reste un excellent moyen de se réconcilier.

J'ai fait la grimace. Jim avait raison et je déteste quand on se fâche.

On est montés dans ma chambre pour écouter mon nouveau CD de Belle And Sebastian, et ça s'est terminé comme à Paris. Au départ, Jim devait dormir dans un autre lit, mais on a commencé à s'embrasser et puis, même si j'en avais eu envie, je n'aurais pas pu bouger.

13 avril

Hier matin, Jim s'est réveillé avant moi et m'a chatouillée jusqu'à ce que je me mette à hurler.

— Tu es vraiment obligé de t'agiter comme ça ? me suis-je écriée en essayant de m'extirper de ma couette.

Quand on s'endort tout habillé, on se réveille toujours avec l'impression de ne pas avoir récupéré.

— Et toi, tu es vraiment obligée de ronchonner ? Dis-moi, tes parents rentrent aujourd'hui ?

— Non, pas avant lundi. Du balai ! J'ai besoin de dormir encore un peu.

Mais je n'ai pas pu fermer l'œil : Jim s'est levé pour allumer la télé et s'est mis à déblatérer contre les groupes minables qui passaient en boucle sur MTV. J'ai renoncé à me rendormir et j'ai pleurniché jusqu'à ce qu'il se décide à me faire du café.

C'était bizarre de regarder *Alias* avec Jim. Il ricanait dès que Sark apparaissait à l'écran tandis que moi, je m'efforçais de cacher mon faible pour le méchant espion aux beaux yeux bleus.

Nos téléphones ont sonné au même moment et on a échangé un regard horrifié – pas pour les mêmes raisons.

— Mais qui peut bien m'appeler en plein milieu d'*Alias* ? me suis-je écriée.

Quant à Jim, il a grommelé :

— Si c'est ma mère, je ne suis pas là.

On a laissé sonner encore un peu avant de décrocher : c'était Alice de mon côté et Paul du sien.

— Il faut que je te parle ! J'arrive, OK ?

— Mais c'est l'heure d'*Alias*...

La sonnette de l'entrée a retenti.

— Trop tard, Edie. Je suis déjà là, a-t-elle annoncé avant de raccrocher.

Puis je l'ai entendue tambouriner contre la porte. Parfois, elle n'a aucun savoir-vivre.

Jim, qui avait fini sa conversation avec Paul, est descendu lui ouvrir. Je pensais qu'ils monteraient dans ma chambre mais je les ai entendus discuter en bas.

J'ai attendu la coupure publicitaire pour aller jeter un coup d'œil par-dessus la rambarde.

— Qu'est-ce qu'il y a ? ai-je demandé à Alice, qui était assise sur une marche de l'escalier.

Eh oui, je ne suis pas la maîtresse de maison idéale.

— C'est Mia ! Elle a dû m'appeler au moins cinquante fois la nuit dernière. Et elle m'inonde de ces lettres pathétiques. Regarde.

Elle m'a tendu une liasse de feuilles avec le genre de phrases toutes faites qu'on trouve dans les films de serial killers : « Je te surveille », « Vérifie que tu as bien fermé ta porte » ou encore « On se reverra ».

J'ai levé les yeux au ciel.

— Mia est vraiment une pauvre fille.

— Et elle n'a pas beaucoup d'imagination, a renchéri Jim. Tu veux que j'aille lui dire deux mots ?

— Oh, merci, t'es un chou ! s'est exclamée Alice.

En ce qui me concerne, je n'ai aucune envie que Jim aille faire la leçon à Mia au sujet de sa campagne de diffamation contre Alice. Alors qu'ils sont sortis ensemble il n'y a pas si longtemps.

Je commence à me sentir un peu hors du coup.

14 avril

Jim n'est pas encore allé voir Mia et j'espère qu'il a oublié cette histoire. On peut toujours rêver.

Je lui ai demandé de ne pas s'en mêler et de laisser Paul et Alice régler seuls leurs problèmes mais il n'a rien voulu entendre.

— Alice refuse que Paul s'approche de Mia, tu le sais très bien, a-t-il expliqué d'une voix plaintive.

À croire que je le harcèle. N'importe quoi.

— Alors, elle n'a qu'à se charger elle-même d'aller lui mettre les points sur les i, ai-je répliqué tandis qu'on attendait le bus qui devait nous amener en ville. Ce n'est pas sorcier !

Jim a poussé un soupir à décrocher les feuilles des arbres.

— Elle a peur de perdre son sang-froid et de pousser Mia sous un tramway.

Le ton de sa voix signifiait : « Ne commence pas », mais j'étais lancée.

— Je ne comprends toujours pas pourquoi ce serait à toi de t'en occuper. On n'est pas en train de négocier la paix en Irlande du Nord, là, si ? Et je te trouve très mal placé pour jouer les intermédiaires.

Pour le coup, c'est moi qui commençais à perdre mon sang-froid.

— Elle te plaît encore, c'est ça ?

— Non, mais quand tu te mets à faire ta mégère,

j'en viens à me demander si toi, tu me plais, a répondu Jim.

J'étais si furieuse contre lui que, quand le bus est arrivé, j'ai refusé de monter dedans. Je suis restée assise sous l'abribus et Jim a fini par se confondre en excuses.

Trop tard. Le mal était fait et les excuses n'y changeaient rien.

27 avril

Presque deux semaines se sont écoulées et Jim n'a toujours pas réglé le « problème Mia ». Plus il laisse traîner, plus je m'énerve. Et chaque fois que je ramène le sujet sur le tapis, il se braque complètement. C'est peut-être parce que j'en parle un peu trop souvent. Mais c'est plus fort que moi.

Hier, par exemple, on était chez le marchand de journaux et j'ai repéré un magazine qui annonçait en couverture un article sur les ex. Impossible de me retenir, c'est sorti tout seul :

— Cette discussion avec Mia, c'est une très mauvaise idée, Jim. Tu devrais laisser tomber, à mon avis.

Jim a levé les yeux au ciel.

— Oh non, c'est reparti, a-t-il marmonné. C'est TOI qui devrais laisser tomber.

Pan, dans les dents.

2 mai

Je me sens si impuissante, comme si Jim me filait entre les doigts. Cette histoire est en train de nous séparer. Je suis peut-être parano (c'est ce qu'il m'a répété au moins cinquante fois hier soir), n'empêche, j'ai toujours eu l'impression que Mia et lui n'avaient pas mis un point final à leur histoire.

Le pire, c'est que je ne peux même pas en parler à Alice : elle ne pige pas.

— Mais pourquoi vous ne vous en occupez pas vous-mêmes, Paul et toi ? lui ai-je demandé lors d'une séance de shopping.

Alice m'a jeté un regard méprisant.

— Parce que je ne veux pas leur donner une seule occasion d'être ensemble. Et si moi, je m'approche d'elle, je vais finir par l'étrangler. Cette fille est le mal incarné.

— Mais que Jim s'y colle, pas de problème ! ai-je grommelé. Tant pis si c'est son ex.

— Fais-lui confiance, a poursuivi Alice, oubliant – pratique ! – que Jim devait intervenir parce qu'elle-même ne faisait pas confiance à Paul. Il la voit demain et on n'en parle plus. Tu sais que j'ai dû changer de numéro de portable ? Elle n'arrêtait pas de m'envoyer des textos atroces.

Quoi, demain ! Pourquoi Jim ne m'avait-il pas avertie ? Quand je l'ai retrouvé au Costa Coffe à l'heure du déjeuner, l'atmosphère était tendue.

J'avais décidé de ne pas piquer ma crise. J'ai préféré bouder pendant que Jim, assis en face de moi, me jetait des regards exaspérés.

On est restés là pendant cinq minutes, jusqu'à ce qu'il se lève d'un bond en s'écriant : « Et tu te demandes pourquoi je ne t'ai rien dit ! » avant de sortir en trombe du café.

3 mai

Je n'aurais jamais cru me retrouver dans un état pareil : anéantie ! Je suis anéantie ! Aujourd'hui, j'ai passé la journée la plus épouvantable de ma vie.

Je suis sortie déjeuner avec les parents (plus ringard, tu meurs), ensuite, ils ont décidé de faire la tournée des magasins d'ameublement. Ennuyeux à mourir. On était en train de synchroniser nos montres, histoire que je puisse aller flâner de mon côté quand, du coin de l'œil, j'ai vu Jim se diriger à grandes enjambées vers St Anne's Square. Je sais, je n'aurais pas dû, mais je l'ai espionné. Je l'ai vu s'asseoir sur un banc. J'ai vu Mia venir à sa rencontre et l'embrasser sur la joue. Et je les ai vus s'éloigner ensemble. Il lui a pris le coude pour traverser la rue et ils sont entrés dans un café. J'hésitais sur la conduite à tenir (m'arracher le cœur à deux mains ou continuer à les épier ?) quand je suis – littéralement – tombée sur Nicolas et Xavier.

— Qu'est-ce que tu fabriques ? a demandé Nicolas.

— Rien ! ai-je répondu avec un empressement suspect.

— Toi, tu nous caches un truc, a raillé Xavier.

Quelque chose, dans mon attitude, a dû leur faire passer l'envie de rire : ils ont abandonné les taquineries et m'ont demandé, d'un ton hyper-inquiet, si je voulais me joindre à eux.

— J'ai une course à faire. On se voit demain.

Je sentais bien que Nicolas mourait d'envie de savoir pourquoi je me comportais comme s'il ne me restait que deux semaines à vivre mais il s'est contenté de soupirer d'une façon théâtrale avant de s'éloigner avec Xavier.

J'ai mis le cap sur le café, comme poussée par une force invisible. En m'approchant, j'ai aperçu Mia et Jim attablés, face à face, près de la vitre. Ils étaient en pleine conversation : Jim avait posé sa main sur le bras de Mia qui déchirait un Kleenex en mille morceaux. Franchement, elle avait l'air paumé. Surtout quand elle s'est mise à pleurer. Je savais que Jim ne tomberait pas dans le panneau : dès que je menace d'ouvrir les vannes, il se fiche de moi et me reproche mon manque d'originalité.

Mais quand ses pleurs ont cédé la place à de vrais sanglots, j'ai compris qu'elle avait touché le fond et que ses larmes feraient peut-être fléchir Jim. J'étais sur le point de tourner les talons quand j'ai vu Jim prendre Mia dans ses bras, puis elle a levé la tête pour l'embrasser.

Tout s'est brouillé pendant une seconde et j'ai cru que j'allais tomber dans les pommes. J'avais du mal à respirer. J'ai fermé les yeux et je les ai rouverts en priant pour que ce soit un mirage, mais ils s'embrassaient toujours. Jim avait pris le visage de Mia dans ses mains. Je connais par cœur cette sensation, le contact des doigts de Jim sur ma joue. Ça peut tourner la tête de n'importe quelle fille. J'ai lâché mon sac – mes doigts ne m'obéissaient plus – et son contenu s'est répandu sur le sol. J'ai contemplé le maquillage, les stylos et les pièces de monnaie éparpillés, incapable de rassembler assez d'énergie pour les ramasser. Je n'avais qu'une idée en tête, décamper. Comme je m'éloignais en titubant, Jim a levé les yeux et m'a vue.

Il était trop tard. Trop tard.

3 mai (plus tard)

Oh ! là là, comment j'ai pu être aussi bête ? Je suis la reine des nulles. C'était fichu dès le départ. D'abord, j'ai toujours été plus accro à Jim que l'inverse. Je l'ai quasiment forcé à devenir mon petit copain officiel. Lui n'en avait pas envie. Je savais qu'ils méritaient ma colère tous les deux, mais j'aurais dû savoir aussi que je ne serais pas capable de garder un garçon commc Jim.

J'ai marché pendant des heures. Quand je suis arrivée chez moi, ma mère m'a incendiée parce que je n'étais pas au rendez-vous fixé ; ils n'avaient pas pu me joindre, j'avais laissé mon portable par terre, sur le trottoir. Je suis montée dans ma chambre. Peu après, je l'ai entendue s'égosiller une fois de plus : c'était Jim au téléphone. Je n'avais aucune envie de lui parler mais j'ai pris le combiné.

— Il faut qu'on s'explique, a-t-il déclaré d'une voix rauque, et j'ai ressenti un grand vide en moi. On se voit demain sur le pont, a-t-il ajouté tandis que les larmes me montaient aux yeux.

4 mai

Je me suis habillée en noir pour assortir ma tenue à mon humeur. Tout en enfilant une chemise et un pantalon avachi, je n'arrêtais pas de me répéter : « Je n'ai rien à lui dire. » Non, il n'y avait rien à ajouter. Rien ne pourrait nous réconcilier. Impossible de défaire ce qui avait été fait.

Pour être franche, une part de moi-même espérait encore que Jim m'annoncerait : « Ça va s'arranger, tu n'as rien compris. » Sauf que je les avais vus s'embrasser, j'étais même aux premières loges. Dur de passer l'éponge, non ?

C'était une journée magnifique. Le ciel était de ce bleu qu'on voudrait pour les murs de sa chambre mais qu'on n'arrive jamais à trouver sur un nuancier.

Jim portait un jean et la chouette chemise hawaiienne qu'on a dénichée dans une kermesse de Noël. Je l'ai observé de loin pendant un instant ; le simple fait de le voir me donnait mal au ventre, j'avais encore l'impression d'être nulle en comparaison. Le problème venait en partie de là. Le soleil faisait briller ses cheveux bruns. Quand il m'a aperçue, il s'est redressé, la main en visière. Pour les protéger de la lumière aveuglante ? Ou alors il n'était même pas capable de soutenir mon regard ? Le visage fermé, je l'ai regardé s'avancer dans ma direction.

Je me suis assise sur un banc à l'ombre d'un saule.

— Salut, a lancé Jim en s'installant près de moi.

— Salut, ai-je marmonné en gardant les yeux rivés sur mes orteils.

Jim paraissait très agité.

— Alors, c'est ma punition ? a-t-il demandé. Tu ne veux plus me parler ?

Dans ma tête, je revoyais en boucle la séquence du baiser avec Mia.

— Non, tu n'y es pas. Je ne PEUX pas te parler, nuance !

— Effectivement, ça change tout, a-t-il répliqué d'un ton presque hargneux.

Jim était censé se confondre en excuses et me promettre de ne plus jamais recommencer. Il n'était pas censé me mettre des bâtons dans les roues.

— J'aurais dû me douter que ça arriverait un jour, ai-je observé.

Jim s'est tourné vers moi, l'air méfiant.

— C'est vrai, tu ne me dis jamais rien. Tu ne

m'aurais même pas parlé de ta mère si elle ne t'avait pas fichu dehors. Et tu ne m'as pas prévenue que tu voyais Mia hier, il a fallu que je l'apprenne de la bouche d'Alice.

Jim a levé les yeux au ciel.

— Ça fait des semaines que tu me saoules avec cette histoire ! À croire que tu n'as pas d'autre sujet de conversation. Qu'est-ce que tu veux donc savoir de si passionnant sur ma vie ? Allez, je t'écoute.

Mais je n'avais plus besoin d'en connaître davantage à son sujet. Je l'avais vu embrasser Mia. Qu'y avait-il à ajouter ? J'ai laissé s'écouler une seconde puis :

— Ça ne marche pas, hein ?

— Quoi ? Cette discussion ou nous deux ? a demandé Jim avec mépris comme si ma réponse ne l'intéressait pas.

— Nous deux. À mon avis, on devrait arrêter de se voir.

Je suis certaine d'avoir lancé la remarque pour entendre Jim protester que je n'avais rien compris et qu'il allait tout arranger, mais il s'est tu. Il m'a jeté un regard si terrible que je me suis recroquevillée sur le banc.

— Très bien, Edie. Je te croyais différente des autres, mais tu ne vaux pas un clou. Tu es incapable d'affronter la réalité, tu vis dans tes rêves.

Il s'est levé puis s'est éloigné sans même se retourner. En rentrant chez moi, je ne pensais qu'à une chose : il ne m'avait jamais dit qu'il m'aimait.

5 mai

Je suis dans un état pitoyable. Je ne savais pas qu'un chagrin d'amour pouvait entraîner des nausées et des maux de gorge. J'ai envie de mourir.

17 mai

Vous savez comment éviter la sale bobine de son ex ? En chopant une bonne gastro-entérite.

J'ai manqué ces deux dernières semaines au lycée vu que je vomissais mes tripes et que la fièvre me faisait délirer. Ma mère a même pris un ou deux jours de congé tellement j'étais malade. Mais c'était plutôt chouette. Elle m'a installée sur le canapé avec une couette et on a regardé de vieux films en noir et blanc à la télé. Quand je n'étais pas en train de sangloter ou de vomir, elle me caressait les cheveux.

Du côté de Jim, silence radio. Alice est venue une fois pendant que je dormais, elle a donc dû lui raconter que j'étais malade mais il ne m'a pas envoyé de carte pour me souhaiter une guérison rapide. C'est dire à quel point il s'en fiche.

Aujourd'hui, je me suis sentie mieux. J'ai mangé des œufs brouillés et, miracle ! je ne les ai pas rendus, ce qui témoigne d'un net progrès. J'ai perdu près de six kilos et mes seins, qui remplissaient à peine un bonnet B, ressemblent à deux minuscules boutons. Je me suis souvenue que Jim quittait le lycée dans un mois à peine pour commencer sa licence en septembre. J'essaie de toutes mes forces de le détester mais à la seule pensée qu'il ne sera plus là, je me suis remise à pleurer comme un veau. Je croyais pourtant que mes glandes lacrymales étaient à sec, depuis le temps.

21 mai

Ça y est, je suis guérie. Je m'efforce de rattraper le retard accumulé au lycée. Je ne pleure plus que par-ci, par-là et j'ai même obtenu la permission de retrouver Alice autour d'un café.

L'atmosphère était un peu tendue. On a échangé quelques paroles polies au sujet d'un groupe en prenant garde de ne pas prononcer le mot commençant par J, puis, brusquement, j'ai éclaté en sanglots. Une fois de plus.

— Oh, Edie, a murmuré Alice d'un ton compatissant. Regarde-toi, tu as tout fichu par terre.

— MOI, j'ai tout fichu par terre ? Ce n'est pas MOI qui suis allée embrasser quelqu'un d'autre !

— Jim n'a pas... Écoute, vous devriez vous expliquer, lui et toi.

J'ai secoué la tête en m'essuyant les yeux du revers de la main.

— C'est bien le problème, on est incapables de s'expliquer. Notre couple ? Un vrai fiasco. Le pire couple qui ait jamais existé. On passait notre vie à nous disputer ou à nous embrasser, ce n'est franchement pas la base d'une relation saine, si ?

Alice m'a pris la main.

— Je pourrais peut-être aller lui en toucher deux mots.

J'ai fait la grimace.

— Pour quoi faire ? Il s'en moque. Il ne m'a pas apporté de fleurs lorsque je vomissais mes tripes. Il ne veut pas faire d'efforts pour que notre histoire marche.

— Toi non plus.

— C'est ça, Alice, retourne le couteau dans la plaie ! me suis-je écriée, mais je n'ai pas pu m'empêcher d'ajouter : Est-ce qu'il t'a parlé de moi ?

— Je ne l'ai pas beaucoup vu. Il s'enferme, ces derniers temps. Dis, et si on allait voir Bikini Dust en concert, la semaine prochaine ? Rien que toi et moi. Une soirée entre filles.

— Pourquoi pas ? ai-je soupiré. Au moins je n'aurai pas ma mère sur le dos.

— Vendu ! s'est exclamée Alice d'un air triomphant.

27 mai

Je n'avais aucune envie d'aller voir Bikini Dust en concert. J'aurais préféré rester dans ma chambre à écouter les CD de rock hyper-déprimant que je m'étais gravés mais Alice m'a presque traînée dehors. C'était ma première grande sortie depuis ma gastro et j'avais une mine atroce, joues creuses et teint d'endive. Peut-être que ce n'était pas une idée de génie de m'habiller en noir. J'avais l'air d'une gothique. Pire : d'une gothique sous héroïne.

Alice se comportait de façon étrange et semblait très nerveuse, elle aussi. J'ai dû lui demander au moins cinq fois à quelle heure passait le groupe avant d'obtenir une réponse. Pas étonnant : on n'était pas arrivées depuis dix minutes quand Jim est entré. Je ne l'avais pas vu depuis près d'un mois et je pensais que je serais parvenue à me détacher de lui. Il portait un horrible pantalon à carreaux (avec Alice, on l'avait cent fois supplié de ne pas s'exhiber avec en public) et une drôle de chemise bleu pâle à jabot. Mais inutile de se voiler la face : il ne m'avait jamais paru aussi beau et inaccessible. Même s'il avait besoin d'une bonne coupe. Je n'avais pas la force de contempler son visage, ses pommettes saillantes, ses yeux brillants, alors j'ai gardé les yeux rivés sur ses Converse.

— Tu ne m'avais pas dit qu'il serait là !

En voyant Jim se diriger droit sur nous, je me suis précipitée derrière une pile d'enceintes ; il s'est adressé à Alice et, à en juger par leur expression, j'ai compris qu'il était en train de lui passer un sacré savon.

Le groupe était déjà sur scène quand Jim s'est approché de moi.

Il est demeuré un bon moment à m'observer tandis que je faisais mine de l'ignorer puis il s'est penché pour me glisser à l'oreille :

— Alors, tu te sens mieux ?

— Oui, ça va.

— Tu n'as pas l'air en forme. Tu me rappelles la fille sur l'affiche de la campagne de prévention contre la grippe intestinale.

Charmant !

— Merci beaucoup, ai-je marmonné, mais je ne suis pas sûre qu'il m'ait entendue.

— Je me suis inscrit en licence à la fac, je reste à Manchester, a-t-il poursuivi.

J'aurais préféré mourir plutôt que l'admettre, mais j'ai ressenti un immense soulagement. Je me suis contentée de répondre :

— Et alors ?

— Je vois que tu es d'humeur bavarde, un vrai bonheur.

— Tu t'attendais à quoi ?

Je l'ai regardé droit dans les yeux.

— Que je t'accueille avec le sourire ? Après ce qui s'est passé ?

Jim m'a prise par les épaules.

— Vas-y, Edie, donne-moi ta version des faits.

— J'ai vu Mia mettre sa langue dans ta bouche !

Je me suis alors aperçue que j'avais hurlé entre deux chansons et que la moitié du public nous dévisageait.

Le groupe a recommencé à jouer et Jim a sifflé entre ses dents :

— Oui, tu as vu Mia m'embrasser.

Il m'a secouée doucement.

— Mais tu n'as pas attendu mes explications.

Je l'ai repoussé.

— Tu as eu trois semaines pour réfléchir à un prétexte. Et il ne vaut pas un clou.

— Je n'ai pas de prétexte à te donner, tu devrais me faire confiance !

— Donc, tu admets qu'il s'agit bien d'un prétexte ?

Jim m'a jeté un regard plein de dégoût.

— Tu ne vois même pas ce qui est sous ton nez. Grandis un peu !

Il m'a repoussée à son tour mais je l'ai rattrapé par le bras et j'ai commencé à le traiter de tous les noms. Alors il m'a traitée d'enquiquineuse et d'immature. On faisait tellement de raffut que le chanteur de Bikini Dust s'est interrompu au beau milieu de sa chanson pour nous demander de la fermer.

Je n'avais jamais subi une telle humiliation : deux videurs nous ont « escortés » vers la sortie. Là, bien entendu, je me suis mise à pleurer (ça devient vraiment une mauvaise habitude), Jim a essayé de me consoler à grand renfort de câlins et on a fini par s'embrasser à pleine bouche. Il m'avait coincée contre le mur du club quand Alice, Nicolas et Xavier sont arrivés sans crier gare.

— Expliquez-vous une bonne fois ! a-t-elle rugi avant de s'éloigner.

Jim lui a couru après. Et moi ? Moi, je suis rentrée à la maison.

3 juin

Aujourd'hui, j'ai fait preuve d'une immense bêtise ou d'un courage incroyable, ça dépend de quel point de vue on se place : je suis allée parler à Mia.

Je l'ai cherchée pendant des heures avant de la trouver au sous-sol de la bibliothèque, le seul endroit où on peut fumer sans déclencher l'alarme.

En temps normal, Mia, c'est la reine du sang-froid, mais elle a eu l'air un peu déconcerté en me voyant avancer vers elle d'un pas décidé.

Elle m'a saluée d'un « Tu as une mine horrible » mais dans le ton de sa voix, il manquait le mordant habituel.

J'ai préféré m'en tenir au discours que j'avais préparé :

— Il faut que je te parle au sujet de Jim. Je vous ai vus vous embrasser il y a quelques semaines et je veux savoir ce qui se passe.

J'ai attendu sa réponse, les bras croisés, tandis qu'elle se mordillait un ongle.

— Tu en as discuté avec lui ? a-t-elle fini par demander.

J'ai haussé les épaules.

— Il prétend que c'est toi qui l'as embrassé. Ce n'est pas l'impression que j'ai eue.

Elle m'a adressé un de ses sourires de chat, de ceux qui me donnent envie de lui casser la figure. Elle portait un tee-shirt ridicule qu'elle avait tailladé elle-même, soi-disant pour faire punk, alors qu'en réalité, elle voulait juste qu'on voie ses seins.

— Avec Jim, on se rejoue le passé, a-t-elle expliqué.

D'ordinaire, Mia est du genre à cracher son venin sans réfléchir, mais pas cette fois : là, elle prenait le temps de faire fonctionner ses neurones avant d'ouvrir la bouche.

— Je sais, mais ce n'est pas ce passé-là qui m'intéresse, moi je te parle de l'épisode d'il y a trois semaines. J'étais d'un calme ! Je n'arrivais pas à comprendre pourquoi.

— Tu es au courant qu'on a rompu ?

Mia a levé les yeux de son mégot de cigarette.

— C'est à cause de moi ?

— Eh bien, oui...

Je me suis assise sur le bord d'une table.

— Dur dur de continuer à discuter avec quelqu'un qui a embrassé son ex.

— Oh, mais on ne peut pas dire que je sois son ex, a objecté Mia. C'était juste pour rendre Paul jaloux...

Et là – je n'aurais jamais cru ça d'elle –, elle a éclaté en sanglots. Devant moi. Ce n'était pas pour que j'aie pitié d'elle, non, ses larmes étaient sincères. Elle pleurait pour de vrai : nez qui coule, gémissements, mains devant les yeux, tout y était. J'ai déniché un mouchoir au fond de mon sac et je l'ai prise dans mes bras !

« Paul... amoureuse de lui... supporte plus... » – voilà les seuls mots que j'ai pu saisir au début.

Puis elle s'est calmée et s'est essuyé les yeux avec mon vieux mouchoir en hoquetant un peu.

— Je sais, tu t'imagines que je suis la pire peste de l'univers, a-t-elle bredouillé. Mais j'aime Paul, je l'aime vraiment et je ne supporte pas de le voir heureux avec elle, sans moi.

— Oh, Mia, ai-je répondu avec tristesse, je suis désolée mais vous êtes partis du mauvais pied, Paul et toi. Ça n'aurait pas pu marcher.

Ma remarque l'a fait pleurer de plus belle sur mon épaule, et bientôt, mon tee-shirt était à essorer.

— En ce qui concerne les lettres, je reconnais que j'ai pété les plombs. Puis Jim m'a appelée et on s'est vus : je pensais qu'il allait se mettre en colère mais il a été adorable. Tu sais, quand il se montre doux et compréhensif ?

J'ai acquiescé en essayant de ravaler l'énooorme boule qui me serrait la gorge.

— Rien à voir avec un baiser « on se plaît, on y va » : je me sentais seule, il était là, devant moi... C'était un baiser... amical, et l'idée venait de moi, pas de lui. Je te le jure, Edie ! Nous deux, on n'est pas les meilleures amies du monde, mais je n'aurais jamais imaginé que tu romprais avec Jim à cause de cette histoire. Je croyais que vous vous étiez expliqués.

On ne s'était pas expliqués. Et on en était bien incapables. Je me suis mise à pleurer, moi aussi, en reniflant contre l'épaule de Mia. Du coup, elle a recommencé à sangloter. Bref, les chutes du Niagara, à tour de rôle.

Parfois, ce sont les gens que vous connaissez à peine, et que vous n'aimez pas forcément, qui vous prennent au dépourvu. Pendant ces dix minutes, Mia et moi, on a été comme des âmes sœurs. Paul l'obsédait, Jim m'avait brisé le cœur. Deux amoureuses délaissées : on était exactement sur la même longueur d'onde.

— Alors, qu'est-ce que vous comptez faire, Jim et toi ? a-t-elle demandé une demi-heure plus tard, tandis qu'on se promenait le long du canal en mangeant une glace.

— Je ne sais pas. Entre nous, c'était le rêve jusqu'à ce baiser et ensuite, notre relation a tourné au cauchemar.

— Mais tu l'aimes, n'est-ce pas ?

Oh non ! J'ai senti les larmes me monter aux yeux, une fois de plus.

— Je l'aime, mais ce n'est pas réciproque. Un de ces quatre, s'il est dans un bon jour, il aura peut-être envie de me mettre dans son lit, pour peu que je sois d'accord. Il n'y a rien d'autre à attendre de lui. Et si tu répètes ce que je viens de te dire, je te tue.

En se quittant, aucune de nous n'a proposé d'aller ensemble au ciné un jour ou l'autre. Mia n'est pas mon amie. Mais je ne crois pas qu'elle soit toujours mon ennemie. Et je trouve cette idée plutôt chouette.

8 juin

Jim me manque.

10 juin

Et si j'annonçais à Jim que j'ai appris la vérité au sujet de Mia ? Alors on pourrait peut-être ressortir ensemble. Et puis je repense aux prétextes et aux secrets qui empoisonnaient notre relation et je finis par me persuader que je n'ai pas envie de retomber dans ce schéma débile.

Il aurait dû me parler, faire l'effort de m'expliquer au lieu de rester sur la défensive. Il m'a demandé de lui faire confiance mais lui, est-ce qu'il m'a fait confiance en refusant de me dire la vérité ? Et puis, ça ne l'aurait pas tué de m'envoyer une petite carte, si ?

17 juin

Récapitulons : Jim et moi, on habite la même ville, on fréquente le même lycée et aujourd'hui, c'est la première fois que je le vois en vingt et un jours étant donné qu'il passe son temps à m'éviter. Je ne suis pas allée en cours de photo car j'ai trop de boulot à rattraper. Martyn a laissé un mot dans mon casier disant qu'il n'y avait aucune urgence mais qu'il serait content de me croiser avant la fin de l'année scolaire.

Je savais que Jim serait là, alors j'ai passé vingt minutes à me maquiller avant d'aller en classe. Ce qui est débile et pathétique, vu que l'idée de départ, c'était d'avoir l'air naturel.

Bref, je suis arrivée en retard (j'arrive toujours en retard) et je me suis assise au fond, à ma place habituelle, à côté de Jim, de Simon et de Paul. Quand je suis entrée dans la salle, Jim a levé les yeux et il m'a adressé un petit signe de tête, puis il a reporté son attention sur Martyn.

Ça m'a fait de la peine. Il se comportait comme si je n'étais qu'une vulgaire connaissance, et non quelqu'un qui comptait vraiment pour lui. La nuit où il a dormi chez moi, le week-end où mes parents sont partis à Brighton, j'ai trouvé sa main posée sur ma poitrine en me réveillant. Comme si les battements de mon cœur le rassuraient. À ce moment-là, on s'était sentis très proches, et maintenant, tout ce que je peux espérer de sa part, c'est un signe de tête.

La situation ne s'est pas améliorée par la suite. En me levant pour sortir, je l'ai frôlé et il s'est retourné :

— Comment ça va ?

— Bien, ai-je répondu, et j'ai quitté la salle sans ajouter un mot.

30 juin

Je n'ai même plus envie de tenir un journal. À quoi bon ? J'ai le cafard quand je me relis.

Ces jours-ci, je n'aime pas beaucoup la fille que je suis devenue. Je ne fréquente plus Alice parce qu'elle est l'amie de Jim ; je ne sais pas si je suis capable de passer du temps avec elle sans lui poser de questions à son sujet. Je rentre directement à la maison, je ne vais plus au café et je ne sors plus en boîte pour éviter de tomber sur lui. Même le voir m'est insupportable. Il me salue toujours et c'est pire que s'il ne m'adressait pas la parole.

7 juillet

À : artboy@hotmail.com
De : pipelette@hotmail.com

Salut, Jim.

Je voulais juste te prévenir que je pars pour les deux mois d'été à Brighton, chez mes grands-parents. Mon père et ma mère sont encore sous le choc à l'idée que je veuille passer des vacances aussi calmes.

Je crois que j'ai besoin de me poser un peu, voilà tout.

J'ai eu une petite conversation avec Mia, elle m'a raconté ce qui était arrivé ce jour-là. J'aurais préféré que ce soit toi qui m'en parles mais tu ne l'as pas fait. Peut-être valait-il mieux qu'on se sépare, on se disputait trop, non ? Et j'ai toujours eu le sentiment que tu me trouvais trop jeune, trop immature.

J'ai beaucoup réfléchi et je crois que tu as raison : je ne te faisais pas assez confiance. Tu admettras cependant que c'est dur de se fier à quelqu'un qui ne vous laisse pas entrer dans sa vie. Je regrette que ça n'ait pas marché entre nous, je voulais que tu le saches.

Je pense souvent à toi. Tu me manques. J'ai l'impression d'avoir énormément changé depuis notre fiasco et j'ai compris à présent que je n'aurais jamais dû t'obliger à sortir avec moi. J'espère qu'on pourra rester amis. À mon retour de Brighton en septembre, on pourrait peut-être aller au ciné ensemble, qu'en dis-tu ?

Bref, je voulais juste mettre les choses au clair.

Profite bien de tes vacances et prends soin de toi.

Edie

10 septembre

Retour à Manchester ! J'ai décidé de reprendre mon journal, c'était ça ou faire les cent pas en parlant toute seule. J'ai passé un bon été, bien meilleur que ce que j'avais prévu.

– J'ai regagné les kilos que j'avais perdus grâce aux petits plats de ma grand-mère. Elle m'a gavée comme une oie.

– J'ai repris contact avec mes anciens amis et c'était très chouette. Pas aussi chouette qu'avant mais on a bien rigolé quand même.

– J'ai relu l'intégrale des romans de Jane Austen.

– J'ai passé une semaine en Cornouailles chez mes autres grands-parents et je suis allée à une rave sur la plage. J'ai eu une idylle de vacances avec un surfeur prénommé Marcus. Il a essayé de m'apprendre à surfer : peine perdue. J'ai essayé de lui apprendre à aimer Jane Austen : peine perdue aussi. Mais côté french kiss, ça allait. Ses baisers n'arrivaient certes pas à la cheville de ceux d'une certaine personne dont je ne citerai pas le nom mais j'imagine que c'est comme quand on tombe de cheval : il faut aussitôt se remettre en selle.

– Je me suis fait des mèches : à présent, mes cheveux sont vraiment blonds.

– Dernière chose : j'ai repris du poil de la bête. Je n'arrive pas à comprendre comment j'ai pu tomber aussi bas avant de partir à Brighton. Mais c'est bien fini. J'en ai terminé avec Jim.

13 septembre

Je suis allée en boîte avec Nicolas et Xavier. En sortant des toilettes, j'ai aperçu Jim. J'avais oublié à quel point son regard et son sourire pouvaient me chambouler. Sauf que j'ai définitivement tiré un trait sur lui, sa jolie frimousse et son charme diabolique n'ont plus aucun effet sur moi. Je l'ai rejoint d'un pas tranquille. Aucune envie qu'il me prenne dans ses bras. Pas l'ombre d'une petite envie.

Je l'ai salué avec un grand sourire, vu qu'il ne m'intéressait pas le moins du monde.

Il n'a pas eu l'air mécontent de me voir mais ce n'était pas non plus le plus beau jour de sa vie, visiblement.

— Oh, salut, a-t-il lancé en tirant sur le col de sa chemise. Alors, tu es rentrée ?

— On dirait que oui.

J'ai rejeté en arrière mes nouvelles mèches blondes.

— Comment ça va ?

Je me donnais tant de mal pour paraître cool et inaccessible que j'ai préféré éviter son regard. Au cours de l'été, je m'étais forgé une image de lui assez différente de l'original : plus petit, plus maigre, plus négligé. Et maintenant, le fait de me trouver face au vrai Jim, grand, élancé et un brin négligé, me perturbait un peu. Avait-il toujours eu un regard aussi perçant ? Et cette lèvre inférieure si charnue que je rêvais sans cesse de mordre ?

Je faisais tellement d'efforts pour ne pas croiser son regard que j'ai sursauté quand il a pris mes mains dans les siennes.

— Tu m'as manqué. J'avais envie de t'appeler mais il y a eu du changement.

Mon cœur de midinette sans cervelle, qui ne ratait jamais une occasion de m'attirer des ennuis, s'est arrêté de battre.

— Quelle sorte de changement ?

— Qui c'est, celle-là ? a dit une voix derrière mon dos.

Je me suis retournée : une jolie fille aux longs cheveux roux me lorgnait d'un sale œil. Elle s'est collée à Jim et, un bras autour de sa taille, a répété :

— Mais enfin, qui c'est, Jim ?

14 septembre

Clotilde : qu'est-ce que c'est que ce prénom débile, d'abord ? Personne ne s'appelle Clotilde ! Personne excepté la nouvelle copine de Jim ! Ah, je lui manque, à celui-là ! Il était si occupé à se languir loin de moi qu'il s'est débrouillé pour emballer cette nunuche snobinarde venue du fin fond du Cheshire. Mais je m'en contrefiche.

D'ailleurs, c'est une fausse rousse, ça crève les yeux.

J'ai essayé d'en discuter avec ma mère aujourd'hui. C'est dire si je suis désespérée. Et voilà ce qu'elle a répondu :

— Je sais que Jim compte beaucoup pour toi. C'est toujours difficile d'oublier son premier vrai petit ami.

Merci, maman, faut que j'y aille.

17 septembre

Alice ne m'a pas beaucoup aidée non plus. Apparemment, Jim aurait rencontré « Clotilde » le premier jour à la fac, elle est inscrite en arts du spectacle. C'est tout ce qu'elle a daigné me dévoiler.

— Je ne veux pas être mêlée à vos histoires, Edie, m'a-t-elle expliqué pendant la projection de *Kill Bill II*, en dépit des « chut ! » et des protestations du pauvre type assis derrière nous. Hors de question que je prenne parti.

Paul est venu attendre Alice à la sortie du ciné. Ils étaient censés se rendre à une fête. Je n'avais même pas manifesté l'envie de me joindre à eux mais Paul s'est senti obligé d'intervenir :

— Écoute, Edie, je crois que Jim et Clotilde (plus je l'entends, plus je trouve ce prénom prétentieux !) y vont aussi. Mieux vaut ménager les susceptibilités.

Alice, elle, me soutiendrait peut-être. Elle m'a prise par l'épaule.

— Tu ne vas pas nous faire une scène, hein, ma puce ?

Je me suis dégagée d'un geste furieux.

— Oh, je vois. C'est normal si Jim me trompe, me brise le cœur puis sort avec une autre sans même avoir la décence d'attendre un peu, mais si jamais je m'énerve, j'ai droit à : « Ça y est, Edie nous fait sa crise d'hystérie », ai-je braillé d'une voix hystérique. De toute façon, je n'avais pas l'intention d'y aller, à cette soirée minable.

Sur ces belles paroles, je les ai plantés là, mais j'ai pris la direction opposée à l'arrêt de bus et j'ai dû rentrer chez moi à pied.

27 septembre

Nicolas est le seul qui me comprenne. Pendant mon absence, Xavier et lui se sont séparés. Xavier est parti poursuivre ses études ailleurs et Nicolas reste en rade. Ils se sont disputés comme des chiffonniers : apparemment, ils n'ont pas la même opinion sur les relations longue distance.

On a passé nos journées à regarder des téléfilms à l'eau de rose en se gavant de glaces. Je peux me lamenter au sujet de Jim aussi longtemps que j'en ai envie tant que Nicolas peut en faire autant à propos de Xavier. Mais il ne connaît pas les réponses à mes questions. Ce sont toujours les mêmes qui reviennent : « Pourquoi les garçons sont-ils aussi insensibles ? » Ou encore : « Comment se fait-il que deux personnes aussi fabuleuses que nous soient célibataires ? »

Nicolas, c'est le Carrie Bradshaw de Manchester. Sauf que c'est un garçon et qu'il est homo.

1er octobre

Juste au moment où je croyais toucher le fond, ma mère a décidé qu'un boulot à temps partiel me ferait le plus grand bien. Je déteste quand elle se mêle de prendre ma vie en main. Elle ne me donne plus d'argent de poche ! Pire : elle m'a obtenu un entretien d'embauche au Sunshine Café, juste à côté de Rhythm Records, le magasin de disques où travaille Jim !

Je suis persuadée que la nuit, dans son lit, elle échafaude des plans pour me pourrir la vie.

Il n'y a pas d'autre explication.

3 octobre

J'ai décroché le job ! Anna, la propriétaire du café, a été emballée par mes talents de cuisinière (je fais le thé comme personne : tout est dans le sachet). C'est une petite bonne femme un peu hippie qui s'est recyclée dans les frites le jour où elle s'est aperçue qu'elle ne ferait pas fortune avec son gâteau aux carottes. Elle est plutôt marrante et sympa, même si, à mon avis, elle devrait laisser tomber le pantalon *tie and dye* [1]. Pas terrible, comme look.

Je travaille le samedi, le mercredi et le jeudi après-midi quand je n'ai pas cours. Anna m'a suggéré de sourire davantage mais, tant que je suis capable de

1. *Tie and dye* : méthode consistant à teindre un tissu en le nouant. *(N.d.T.)*

faire la vaisselle et de porter deux assiettes en même temps, le job est à moi. Et au moins, je suis payée pour ces corvées, alors qu'à la maison je travaille pour des nèfles.

11 octobre

Quelle andouille je fais ! Jim est passé au café aujourd'hui. Je le déteste mais je l'aime encore. Allez comprendre.

Il a eu l'air hyper-triste quand il m'a vue. Sans doute parce qu'il n'en revenait pas de voir son ex jouer les bonniches.

— Salut, Edie, a-t-il dit avec douceur. Je croyais que tu avais disparu de la surface de la terre.

J'en étais malade mais j'ai réussi à grimacer un sourire.

— Eh non, je suis toujours là. Je peux prendre ta commande ?

Je sentais son regard posé sur moi tandis que je préparais le café et récitais le menu du jour. Quand je suis allée nettoyer sa table, j'ai trouvé un mot griffonné de sa main : « Appelle-moi. » C'est ça. Plutôt mourir. Plus tard dans l'après-midi, Simon est entré dans le café et soudain j'ai su que j'avais trouvé quelqu'un susceptible de répondre à mes questions.

On a bavardé un peu quand je suis venue prendre sa commande. De fil en aiguille, je lui ai proposé d'aller boire un verre après mon service. Je n'avais jamais invité un garçon auparavant mais en même temps, il ne s'agissait pas d'un rendez-vous et Simon, semble-t-il, n'a pas jugé ma proposition déplacée.

Je n'ai jamais été très proche de lui. Il paraît si... adulte, avec ses copines glamour et ses petites remarques sarcastiques. C'est le genre exalté. J'ai toujours pensé qu'il n'approuvait pas le couple qu'on formait, avec Jim. Il doit me trouver immature sous prétexte que je me plains beaucoup de mes parents et que, quand je sortais avec Jim, je l'obligeais à m'emmener voir des films avec des acteurs mignons.

Bref, on est allés au pub, il m'a commandé une bière et pour ne pas avoir l'air cruche, je l'ai bue en essayant de ne pas faire la grimace. On a parlé de Brighton et du nouveau job de Simon dans une agence de design. On a commandé d'autres bières et j'ai commencé l'interrogatoire. Mais Simon n'avait pas envie de s'aventurer sur ce terrain-là.

— Écoute, Edie, a-t-il répondu en écrasant sa cigarette d'un geste nerveux. Tu prends le large à la première dispute. Qu'est-ce que ça peut te faire, que Jim voie quelqu'un d'autre ? Tu lui as mené la vie dure, alors ne t'étonne pas s'il a fichu le camp.

— Mais il a embrassé Mia, ai-je protesté.

D'accord, je l'admets, l'argument était faible. Il valait peut-être mieux laisser tomber.

— Ou c'est elle qui l'a embrassé. Quelle importance ! Ça s'est passé il y a des mois ! Tu fais une véritable fixation !

— Alors il sort avec cette Clotilde ?

Simon a haussé les épaules en s'efforçant tant bien que mal de dissimuler un sourire amusé.

— Tu n'as qu'à lui poser toi-même la question.

— Tu trouves ça drôle, hein ? Tu me prends pour une gamine idiote, c'est ça ? Eh bien, tu as tort ! Tu ne peux pas savoir à quel point je souffre.

Il a eu le culot de s'esclaffer, comme si ma souffrance n'avait pas grande importance à l'échelle de l'univers.

— Toi, tu as trop bu. Allez viens, je te ramène.

Il allait se lever quand je l'ai retenu par le bras.

— S'il te plaît, Simon. Je sais que tu me considères comme une bécasse et que je ne suis pas assez cool ou jolie...

Simon s'est rassis et m'a pris la main.

— Tu n'y es pas du tout, Edie. D'accord, tu n'es pas une fille pour Jim, mais je t'ai toujours trouvée très mignonne.

En effet, je devais avoir bu un coup de trop. J'ai susurré :

— Tu le penses vraiment ? en me penchant pour qu'il m'embrasse.

Et il m'a embrassée. À pleine bouche. En me tenant par le cou pour ne pas que je m'échappe ; d'ailleurs, je n'en avais aucune envie. Très agréable... mais ce n'était pas la solution. On s'est reculés au même moment et on a bredouillé ensemble :

— On n'aurait pas dû...

13 octobre

Je suis allée traîner avec Nicolas du côté du bâtiment d'arts plastiques, histoire de jeter un œil aux nouveaux arrivants (la collection automne/hiver, d'après la formule de Nicolas). Je me contente de regarder. Cela étant, je n'ai repéré aucun type susceptible de me rendre le sourire.

Jim et Simon sont revenus au café. Jim se comportait comme si de rien n'était. Ne changerait-il pas d'attitude s'il apprenait que j'ai embrassé Simon ?

Puis cette cruche de Clotilde est arrivée avec Alice qui ne m'a pas appelée depuis que j'ai piqué ma crise devant le cinéma. Apparemment, elles sont devenues les meilleures amies du monde. Et dire que j'ai dû les servir ! Elles auraient au moins pu avoir la décence d'aller ailleurs.

Je me suis sentie minable. Avant, à la place de Clotilde, il y avait moi : Jim m'enlaçait, Alice riait à mes blagues, Simon faisait l'effort de sourire devant mon imitation de Lisa Simpson (qui, en toute objectivité, est bien meilleure que le Cartman de Clotilde).

16 octobre

Aujourd'hui, après le travail, Jim m'attendait dehors. Quand je l'ai vu adossé contre le mur, dans son blouson de cuir élimé et son pantalon en velours noir, j'ai cru tomber à la renverse.

Pour ma part, j'avais une allure atroce. Mes cheveux étaient noués en queue de cheval (très blonde, la queue de cheval, quand même) et je portais un jean pourri ainsi qu'un cardigan troué.

— Salut, toi, a-t-il murmuré.

— Écoute, il est tard, je suis fatiguée, abrège, ai-je marmonné sans le regarder.

— Oh, Edie ! a soupiré Jim. Si on allait faire un tour en voiture pour discuter ?

Il m'a fallu cinq secondes, pas plus, pour me décider.

— Pourquoi pas ?

On a pris la route de Blackpool. C'est difficile à expliquer mais assise là, dans cet espace confiné, à côté de Jim qui m'emmenait Dieu sait où, j'avais l'impression d'être dans une bulle, à l'abri du monde. On aurait pu continuer à rouler indéfiniment. Moi, en tout cas, ça m'aurait plu. On a gardé le silence de peur de rompre le charme, la trêve tacite qu'on avait conclue au moment où j'étais montée dans sa voiture. En fait, on n'a quasiment pas parlé jusqu'à ce qu'on arrive au front de mer. Là, installés sous un abribus, on a partagé un sachet de chips en luttant contre les assauts du vent salé qui soufflait du large.

— Vas-y, je t'écoute, ai-je déclaré une fois les chips terminées.

Mes lèvres me brûlaient à cause des rafales et du sel.

Jim s'est adossé contre son siège et m'a considérée d'un air pensif.

— Bien... Donc, Mia m'a embrassé. Et pas le contraire. Mais chaque fois que j'ai voulu t'en parler, mes explications sonnaient faux. Comme un mauvais prétexte. Et puis... j'ai commencé à sortir avec Clotilde puisque, d'après ta lettre, on avait rompu et... Je donnerais n'importe quoi pour rester ton ami, Edie. Tu me manques tellement.

Je suis restée silencieuse quelques instants, histoire de digérer ce que je venais d'entendre. Je savais qu'il disait la vérité, de bout en bout. Ce qui ne me simplifiait pas la tâche.

— J'ai embrassé Simon la semaine dernière, un soir où j'avais trop bu, ai-je fini par avouer.

Comme j'avais parlé tout bas, je me suis demandé s'il m'avait entendue.

Soudain, il m'a serrée fort contre lui et je me suis accrochée à son cou en espérant qu'il ne me lâcherait plus jamais.

— C'est pour ça que tu m'évites ? Edie, je m'en fiche. Je veux juste...

— Mais moi, je ne veux pas que tu t'en fiches ! me suis-je écriée en le repoussant alors qu'une minute auparavant, j'aurais donné la lune pour qu'il me garde toujours contre lui. Je voudrais que tu te mettes en colère, au moins je saurais que tu m'as aimée un peu.

— Mais je t'ai aimée.

— Tu ne me l'as jamais dit.

— Je t'aimerai toujours, Edie, a-t-il chuchoté à mon oreille. Seulement, ça ne marchait pas. Je t'ai fait du mal, tu m'en as fait aussi et maintenant, il est temps de tourner la page. Alors, s'il te plaît, restons bons amis.

Je me suis penchée et j'ai effleuré ses lèvres d'un baiser. J'ai peut-être versé une larme ou deux mais je pouvais toujours prétendre que c'étaient les embruns.

— OK, soyons amis, alors. Maintenant, j'aimerais bien savoir : c'est quoi, le problème d'Alice, au juste ?

Jim a éclaté de rire et m'a enlacée. Je me suis blottie contre lui pour me réchauffer. Je n'arrêtais pas de repenser à ses paroles. « Je t'aimerai toujours » : ça signifiait qu'il m'avait aimée. Et qu'il m'aimait encore. Voilà pourquoi je ne crois pas une seconde à cette histoire d'amitié. Il ne sortirait pas avec Clotilde si je ne lui avais pas envoyé ce mail stupide et ambigu avant de partir pour Brighton. Et s'il m'aime encore, alors tout peut arriver. C'est pourquoi, sur le chemin du retour, j'ai accepté de le retrouver autour d'un verre avec ses nouveaux amis de la fac. Et puis j'ai très envie de voir cette Clotilde de plus près.

28 octobre

J'ai passé la journée à peaufiner mon look « saut du lit ». J'ai pris rendez-vous chez le coiffeur pour mes mèches et je lui ai demandé de me faire un chignon négligé. J'ai investi ma paye de la semaine dans un jean Miss Sixty et un petit haut en satin noir années quarante que j'ai déniché dans la boutique vintage la plus chère de la ville. Mais j'avais beau m'être mise sur mon trente et un, je tremblais comme une feuille en poussant la porte du bar.

J'ai cherché Jim des yeux, un peu paniquée, avec l'impression d'être une pauvre gourde plantée là, jusqu'à ce que je les aperçoive, lui et sa bande d'amis, affalés sur des sofas.

Marcher sous les regards d'une dizaine de personnes, ce n'est pas l'expérience la plus relaxante du monde. J'ai gardé la tête haute en essayant de ne pas me mordre les lèvres.

Alice s'est levée pour m'embrasser puis Jim m'a présentée comme « la fille la plus cool que je connaisse ».

Clotilde n'a pas eu l'air impressionnée pour deux sous et une espèce de type dégingandé avec une mèche dénommé Hugues (Hugues !) a eu l'audace de demander :

— Edie ? Qu'est-ce que c'est que ce prénom ?

J'ai cherché un soutien du côté de Jim mais il était trop occupé à bécoter Clotilde pour remarquer quoi que ce soit. Dans l'ensemble, la soirée n'a pas été trop nulle. Il y a des expériences bien plus désagréables, comme de se faire arracher les yeux, par exemple.

Le fameux Hugues se trouve être le frère de Clotilde, ce qui explique pourquoi a) il a un prénom aussi débile et b) est aussi imbuvable. Il m'a demandé si on m'avait baptisée ainsi en l'honneur d'Edie Sedgwick et quand j'ai répondu par une grimace suggérant que je n'avais pas la moindre idée de ce dont il parlait, il a eu le culot de répliquer :

— Désolé, j'imagine que la scène underground new-yorkaise des années soixante ne fait pas partie de tes goûts. Trop sophistiqué, sans doute.

Je lui aurais bien balancé une repartie cinglante mais comme je ne savais toujours pas où il voulait en venir... Enfin, il a réussi à me faire passer pour une idiote devant cinq personnes que je ne connaissais pas. Alice a haussé les épaules d'un air contrit et Paul s'est lancé dans des explications brumeuses au sujet d'Andy Warhol tandis que Clotilde et Jim exploraient leurs amygdales respectives.

J'ai bu un verre puis j'ai prétexté un autre engagement pour la soirée (mon lit). Une fois rentrée, je me suis blottie contre Pudding et même elle a compris que j'avais le moral à zéro – elle n'a même pas essayé de me griffer quand j'ai enfoui mon visage dans sa fourrure pour pleurer.

31 octobre

J'ai appris ma leçon. Plus jamais je ne m'approcherai de Jim. S'il vient au café – et il y vient avec une régularité inquiétante –, je demeurerai polie, mais le reste du temps, je l'éviterai. En ce qui me concerne, c'est comme s'il avait la mention « Attention ! Produit toxique ! » tatouée sur le front. Avec lui, l'amitié est proscrite, sachant qu'il est (peut-être) toujours amoureux de moi et qu'il en embrasse une autre. Il est définitivement sorti de ma vie. Et ce coup-ci, je ne plaisante pas. Les fois précédentes, je n'étais peut-être pas fixée mais là, je suis sérieuse. Jim, c'est terminé.

1er novembre

Ça fait maintenant quarante-huit heures que je tiens le cap. En net progrès.

5 novembre

Je tiens toujours. Il est venu au café aujourd'hui mais j'ai demandé à Pénélope, l'autre serveuse, de s'occuper de lui. Et j'ai réussi à ne pas croiser son regard une seule fois. J'assure à mort !

8 novembre

Je tiens toujours. Heureusement, je peux filtrer ses appels sur mon portable. J'espère qu'il va comprendre le message et me fiche la paix pour de bon.

14 novembre

On dirait que Jim ne se contente pas de jouer avec mes sentiments quand je suis avec lui. Oh non, maintenant il peut aussi me torturer via internet.

À : pipelette@hotmail.com
De : artboy@hotmail.com

Oh, Edie, Edie, Edie.

Il semble que tu te sois évaporée de la surface de la terre. Lors de notre escapade à Blackpool, je croyais qu'on avait décidé de rester bons amis mais après la soirée avec mes copains, tu as disparu sans plus donner signe de vie.

Alice m'énerve, elle refuse de répondre à la moindre de mes questions. À mon avis, elle se sent coupable parce que sa loyauté envers moi l'oblige à se ranger de mon côté alors qu'un sentiment inexplicable de solidarité féminine la pousse à prendre parti pour toi. Elle prétend que nous voir ensemble, Clotilde et moi, c'est comme « se faire arracher le cœur sans anesthésie ». Je n'y comprends rien. C'est vrai, Edie, parfois, il me semble que tu as un cœur grand comme ça, que n'importe quoi te touche, des chiens écrasés aux types un peu artistes et trop insouciants qui refusent de rentrer dans le rang. Mais il y a des moments où tu te comportes comme si tu n'avais pas de cœur du tout. Je ne devrais peut-être pas revenir là-dessus. Mais combien de fois es-tu passée à côté de moi sans même écouter ce que j'avais à te dire ? Comme si j'avais encore envie de Mia après t'avoir tenue dans mes bras !

Au fond, je n'ai pas l'impression que ma relation avec Clotilde soit la cause de ton absence. Je t'ai entendue échanger quelques politesses avec Hugues (et votre dispute m'a rappelé cette horrible explication que l'on a eue dans la salle à manger de l'Hôtel du Lac) mais je ne peux pas croire qu'un étudiant en sculpture amateur d'humour acide et de provocation suffise à t'envoyer en hibernation (au fait, il t'a trouvée canon).

Comment se fait-il que la fille qui se faisait autrefois appeler Edie ne soit jamais là quand je lui téléphone ? Comment se fait-il qu'elle vienne juste de partir déjeuner quand je me pointe au café où elle travaille (tu prends vraiment ta pause de midi à dix-sept heures ?), comment se fait-il qu'elle ait déjà prévu une sortie avec Alice ? Je ne vois qu'une seule explication : cette fille-là me déteste. Et cette fois, c'est sans appel.

Quant à moi, je ne te déteste pas, Edie. Si tu me fais tourner en bourrique, tu me manques terriblement aussi. Ne te méprends pas, je tiens beaucoup à Clotilde, mais il restera toujours une part de moi qui n'appartient qu'à toi. Tu as dû me jeter un sort ! Tes petites manies me manquent. La façon dont tu manges les Twix : tu enlèves d'abord le caramel, puis tu grignotes le chocolat sur les côtés avant d'engloutir la barre en trois énormes bouchées. Ces livres que tu lisais concernant des filles un peu allumées (qui me font tant penser à toi) pendant qu'allongé sur ton lit je contemplais le ciel nuageux que tu as peint sur le plafond de ta chambre. Ce tic de te mordre les lèvres en rougissant quand tu voulais que je t'embrasse. Mais surtout, tes baisers me manquent, et le bonheur de te tenir dans mes bras.

Comme je te l'ai dit à Blackpool, je t'aimerai toujours mais je suis incapable de rester avec toi, Edie. Quand on sortait ensemble, je passais mon temps à marcher sur des œufs de peur que tu me soupçonnes de courir après d'autres filles. Mais c'est l'autre Edie, celle qui n'a pas de cœur, qui a commencé à prendre le dessus. À mon avis, c'est ton départ à Brighton après l'envoi de ce mail (un chef-d'œuvre d'ambiguïté) qui a mis le point final à notre histoire. Il m'aurait fallu un expert en morse rien que pour comprendre ton langage mais, avant même que j'aie pu te demander des explications, tu es partie. Et je tiens à le préciser : je considère que c'est toi qui m'as plaqué et non le contraire.

Ces semaines que tu as passées à Brighton sont sans doute une des pires périodes de ma vie. J'ai eu l'impression que tu avais emporté une partie de mon âme avec toi. Puis j'ai rencontré Clotilde. Elle n'est pas juste là pour m'aider à tourner la page, elle me plaît vraiment. Elle est avec moi, je suis avec elle, les choses sont claires. Et je suis sûr que vous vous entendriez à merveille, si vous vouliez bien vous en donner la peine. Sauf que j'imagine que tu ne voudras même pas entendre parler d'elle. Je t'écris avant tout pour t'informer que je quitte enfin la maison de ma mère (je ne supporte plus la pression) afin d'emménager avec Simon, Hugues et Paul dans un appartement. Les coordonnées figurent à la fin de ce mail, tu sais donc où me joindre.

Tu dois encore considérer que j'ai été horrible avec toi et que je ne pensais qu'à te mettre dans mon lit (ce qui est presque entièrement faux) mais laisse-moi te faire un dernier aveu : dans dix ans, quand tu auras accompli des merveilles et que le monde se traînera à tes pieds en pleurant d'admiration, je viendrai te chercher pour t'emmener faire ce voyage dont on a toujours parlé et on élèvera ensemble une famille de beaux petits artistes précoces et un peu allumés.

Reviens, où que tu sois.

Je t'embrasse.

Jim

Pourquoi fait-il toujours ça ? Juste au moment où j'aimerais qu'il me lâche, il trouve un moyen de débouler à nouveau dans ma vie !

20 novembre

J'ai relu le mail de Jim des milliers de fois et je ne sais toujours pas si je dois le détester à mort ou continuer à l'adorer. À mon avis, c'est l'adoration qui finira par prendre le dessus. Je suis tombée sur lui le lendemain, tandis que j'attendais devant le café qu'Anna vienne ouvrir. Il est sorti du magasin de disques avec une tasse de café qu'il m'a tendue.

— Pourquoi ? ai-je demandé, mais sans animosité – j'étais simplement curieuse.

— Il fait trop froid pour rester dehors, a-t-il murmuré en resserrant sa veste autour de lui. J'ai pensé que tu aurais peut-être envie de boire quelque chose de chaud.

Il n'y avait aucun sous-entendu dans sa voix, et c'est bien ce qui m'énervait.

— Merci, ai-je répondu.

J'ai avalé une gorgée de café en essayant de ne pas grimacer. Le café de Jim, c'est du jus de chaussettes. Il ne sait pas doser.

— Tu as reçu mon mail ? a-t-il demandé après un silence gêné qui m'a paru durer des siècles.

J'ai acquiescé.

— Et... ?

J'ai pris une autre gorgée, histoire de gagner du temps.

— J'en suis restée sans voix, ai-je fini par admettre. Je ne sais toujours pas quoi en penser.

Jim a commencé à s'agiter. Il s'est rapproché de moi, comme s'il avait l'intention de me toucher. J'ai reculé d'un pas.

— Mais est-ce que tu... ?

Bon sang, c'était quoi, son problème ?

— Je te tiens au courant, Jim, ai-je aboyé.

Aboyé, c'est le mot juste. Même moi, je ne m'en serais pas crue capable.

— Laisse tomber, d'accord ?

Il m'a tourné le dos puis il est rentré à l'intérieur du magasin sans ajouter un mot. Et il claqué la porte pour faire bonne mesure.

J'ai demandé à Pénélope de lui rapporter la tasse.

7 décembre

Ces derniers temps, je suis débordée. Je me suis portée volontaire auprès du service pédiatrique de l'hôpital du quartier pour aider à préparer la soirée de Noël. Ce n'est même pas une idée de ma mère. Et ce n'est pas non plus pour faire joli sur mon dossier d'inscription à l'université. J'ai repéré une annonce au lycée et, avec Nicolas, on a décidé que l'heure avait sonné pour nous de « partager un peu ». Et, éventuellement, de rencontrer quelques beaux étudiants en médecine. D'accord, là, je fais la maligne : passer du temps avec des enfants malades qui ne verront peut-être pas Noël, ça remet les choses en perspective. Et ça m'occupe l'esprit.

12 décembre

J'ai consacré la journée à préparer des décorations de Noël avec les enfants. En fait, c'était hyper-cool. Ils me prennent pour une vraie adulte. L'un d'eux croyait que j'avais trente ans. Note perso : acheter une crème antirides.

Mais c'est un peu déprimant, aussi. Il y a parmi eux une fillette, Asha, si malade qu'elle peut à peine bouger. Elle est alitée en permanence. Je me suis assise à son chevet et je lui ai confectionné un petit ange que j'ai accroché au lit.

Avec Nicolas, on a prévu d'organiser une collecte de fonds au lycée afin de récolter assez d'argent pour leur offrir un cadeau de Noël à chacun. À croire que j'ai enfin acquis une conscience.

14 décembre

Je suis tombée sur Jim et Alice en ville. Dans la catégorie cauchemar, sur une échelle de un à dix, celui-là frôlait onze.

— Salut, belle étrangère, a ironisé Alice après que j'ai manqué leur rentrer dedans à l'entrée d'une papeterie dont ils sortaient.

— Oh, salut, ai-je marmonné. Hum, salut, Jim.

— Edie, s'est-il contenté de répondre en fourrant les mains dans les poches de sa veste.

Il portait un bonnet qui lui donnait une allure folle et le froid lui colorait les joues.

— Où est-ce que tu te cachais ? m'a demandé Alice en s'écartant pour ne pas bloquer le passage.

Je leur ai parlé du bénévolat à l'hôpital. Oh ! là là, j'ai dû passer pour une donneuse de leçons. Et quand j'ai évoqué le cas d'Asha, j'ai éclaté en sanglots. Je n'ai pas pu m'en empêcher. Parce que c'est Noël, parce que ce n'est qu'une petite fille et qu'elle a un cancer, parce que je trouve qu'il n'y a pas pire injustice.

— Je suis désolée, ai-je bredouillé. Ne faites pas attention.

— Tu veux aller boire un café ? a proposé Alice en me prenant la main. On a fini, Jim, non ?

Jim a acquiescé.

— Ne pleure pas, Edie, a-t-il murmuré en essuyant mes joues humides du revers de sa main.

Du coup, je me suis remise à sangloter de plus belle.

— Peut-être que tu devrais laisser tomber l'hôpital aujourd'hui.

Ils me dévisageaient d'un air inquiet. En fouillant dans les poches de mon manteau, j'ai trouvé un vieux mouchoir sale et je me suis tamponné les yeux.

— Non, faut que j'y aille. C'est rien, c'est juste l'hôpital, tous ces enfants malades... Ça perturbe.

— Euh, je ne crois pas... a commencé Alice.

Pour tourner court, je lui ai donné une tape sur l'épaule, puis j'ai ramassé en hâte les sacs que j'avais laissés sur le trottoir.

— Faut que j'y aille, ai-je répété. On se voit bientôt, OK ?

Et je suis partie sans demander mon reste. Dans mon dos, j'ai entendu Jim me crier quelque chose concernant une soirée de Noël.

17 décembre

Aujourd'hui j'ai effacé le mail de Jim : il faut que j'arrête de le relire toutes les heures et de cogiter sur la signification de chaque mot. Jim m'a vraiment blessée en prétendant que je n'avais pas de cœur. J'en ai trop, au contraire. Et ça ne m'attire que des problèmes.

18 décembre

On a fêté Noël au service pédiatrique. On a passé un très bon moment. L'un des médecins s'est déguisé en Père Noël, on a chanté des cantiques et échangé les cadeaux.

Avec Nicolas, on a réussi à réunir près de trente livres et mon père a arrondi la somme à cinquante. On a distribué à chaque enfant un livre plus une chaussette remplie de chocolat. Et on a eu droit à une carte que les enfants avaient signée ainsi qu'à un dessin nous représentant, Nicolas et moi (ils m'ont dessiné des cheveux jaunes, j'étais ravie !) à côté d'un sapin. Enfin, je crois qu'il s'agit d'un sapin. Ou alors c'est un renne à l'allure très bizarre.

Je me suis assise près d'Asha et je lui ai tenu la main pendant qu'elle essayait de se redresser sur son lit. Ses parents étaient présents, ils m'ont remerciée pour l'ange et le temps passé avec elle. Sa mère semblait avoir du mal à se maîtriser et quand je suis allée leur dire au revoir et déposer un baiser sur le front d'Asha, elle m'a serrée fort dans ses bras, j'ai cru qu'elle allait me briser une côte.

19 décembre

Asha est morte dans la nuit.

20 décembre

Nicolas restera dans l'histoire comme le seul garçon qui ait jamais été autorisé à dormir dans ma chambre. Je l'ai appelé en pleurs hier pour lui annoncer la nouvelle au sujet d'Asha. Il est venu chez moi et on a beaucoup pleuré ensemble en se gavant de pâtisseries.

Et quand j'ai demandé s'il pouvait rester, maman est allée lui chercher un pyjama de mon père et j'ai tellement ri que j'ai été à deux doigts de me faire pipi dessus.

La seule autre personne que j'aurais eu envie d'appeler... ne figurait plus dans le répertoire de mon portable.

23 décembre

Nicolas et moi, on a consacré la journée à distribuer nos cartes de vœux pour Noël. Nicolas s'efforce de nous changer les idées : n'importe quel prétexte est bon pour éviter de penser à Asha et à nos ex. En vérité, jouer les facteurs ne nous a pas pris beaucoup de temps. Mais il fallu une heure à Nicolas et à Alice (qui était la seule autre personne sur notre itinéraire) pour me persuader d'aller rendre visite à Jim dans son nouvel appartement.

— On n'aura qu'à dire qu'on passait par là, a déclaré Alice.

— Et puis on doit bien les distribuer, ces cartes ! a ajouté Nicolas.

— Mais on passait par là, point. Et, oui, on doit les distribuer, ai-je insisté tandis qu'ils me traînaient dans l'allée.

Je n'avais jamais eu le privilège d'être invitée chez Jim quand on était ensemble, et voilà que j'attendais devant sa porte, coincée entre Nicolas et Alice qui me tenaient chacun par un bras – ils avaient peur que je m'échappe en courant, sans doute.

Paul a ouvert et nous a précédés dans le salon. J'ai cru que j'allais vomir. Jim était là avec Clotilde ; elle était assise sur ses genoux. Pourquoi faut-il qu'ils soient en permanence collés l'un à l'autre, ces deux-là ? Et puis, il y avait Simon, que je n'avais pas revu depuis la nuit où je m'étais saoulée avant de l'embrasser à pleine bouche, et ce grand nigaud de Hugues qui s'est exclamé en me voyant :

— Oh, mais c'est Edie ! Alors, on n'est plus portée disparue ?

— Oh, mais c'est Cartman. Le roi des mufles !

— Moi, c'est Hugues, chérie.

— Et moi, c'est Edie, crétin, ai-je répliqué tandis qu'Alice me lançait des regards paniqués.

J'ai dû rester assise là pendant une heure interminable tandis que Clotilde n'en finissait plus de raconter ses histoires de théâtre. Je ne sais pas ce que Jim lui trouve. Il n'a pas arrêté de m'observer du coin de l'œil comme s'il n'arrivait pas à croire, après ma longue disparition, que c'était moi, là, sur son canapé. Je m'efforçais d'avoir l'air cool mais ça me rendait malade de les voir ensemble. Ajoutez le sourire narquois de Simon et les réflexions perfides de Hugues, et la situation était carrément intenable.

Jim s'est décollé de Clotilde pour me demander comment s'était passée la fête à l'hôpital. J'ai répondu par un haussement d'épaules pendant qu'Alice lui faisait de grands signes pour qu'il se taise.

Il n'a pas compris et Nicolas a fini par intervenir :

— Ça s'est bien passé, OK ? Est-ce qu'on peut changer de sujet, maintenant ?

Ça m'étonnerait qu'on nous invite là-bas de sitôt.

25 décembre

Noël, c'est nul. Point. Les grands-parents ne m'ont pas lâchée d'une semelle. J'ai réussi à atteindre le dernier niveau d'*Alias* sur ma nouvelle X-Box (ce dont je ne suis pas peu fière). Puis j'ai pris conscience que la relation de Jim avec Clotilde avait dépassé la nôtre en durée. Et toutes les boîtes de Quality Street et autres paniers de fruits secs du monde n'y changeraient rien. La veille, j'avais reçu une carte de vœux signée de Jim. Encore un message charmant :

Chère Edie,

Même toi, tu n'arriveras pas à garder le silence pendant toute l'année prochaine, si ? Je ne vais pas attendre indéfiniment.

J.

C'est vrai, « Joyeux Noël et Bonne Année », ç'aurait été trop simple.

1er janvier

La nouvelle année a commencé en fanfare ! Nicolas avait promis qu'on resterait sagement chez moi mais il a appris que Xavier était en ville et qu'il comptait se rendre à la soirée organisée par les garçons. J'ai refusé net d'y aller mais, à force de cris et de larmes (et aussi parce que Nicolas a menacé de révéler à la planète entière que le prénom Edith figurait sur mon acte de naissance), je me suis retrouvée en robe de cocktail vintage, planquée derrière... l'arbre de Noël ? l'installation artistique ? bref, le grand n'importe quoi de Jim et, croyez-moi, j'aurais préféré être ailleurs...

J'étais en train de me resservir un verre de punch quand Jim s'est approché de moi.

— Salut, a-t-il marmonné.

— Salut.

— La carte...

— Encore un de tes petits jeux.

— Écoute, Edie, j'aimerais demeurer en bons termes avec toi...

Son ton était calme, pondéré comme s'il était devenu le type le plus raisonnable du monde.

À le voir là avec son jean débile et son tee-shirt trash, j'ai senti une fureur indescriptible monter en moi. J'avais envie de le blesser autant qu'il m'avait blessée par le passé. J'en avais ras le bol d'être malheureuse et de broyer du noir à cause de lui. Et puis ras le bol de son attitude à mon égard : à croire que je n'avais aucune raison d'être en colère. J'avais pris la décision rationnelle et salutaire de me tenir à distance et il aurait dû la respecter. Enfin et surtout, la vue de leur petit couple me donnait envie de vomir.

— Mets-toi cette idée dans la tête, Jim ! Je ne veux pas de ton amitié. Tu sais, pour être amis, il faut bien s'entendre et avoir envie de passer du temps ensemble.

Les amis sont censés nous donner confiance en nous. Et toi et moi, on ne remplit aucun de ces critères.

J'avais enfin vidé mon sac. Ses traits décomposés devaient signifier qu'il commençait à imprimer. C'est du moins ce que j'ai cru jusqu'à ce qu'il réponde :

— Tu ne penses pas ce que tu dis.

Il a fait mine de me toucher le bras mais j'ai reculé. Puis il a planté son regard dans le mien – un de ses vieux trucs – mais j'ai fait des progrès depuis l'année dernière.

— Tu m'as entendue ? me suis-je exclamée avec colère. Ne m'approche plus.

Voilà qu'il boudait, maintenant ! Je ne parvenais pas à comprendre pourquoi il avait tant de mal à accepter l'idée d'une existence sans moi et soudain j'ai eu comme un déclic.

— Tu sors peut-être avec elle, tu couches peut-être avec elle, mais tu n'arrives pas à tirer un trait sur moi, ai-je déclaré d'une voix triomphante. C'est ça, hein ? Tu m'aimes encore !

J'avais presque crié et Jim s'est détourné, mal à l'aise.

— Après ce que tu viens de dire, je suis bien content qu'on ne soit plus ensemble.

Sa réaction m'a fait l'effet d'un coup de poing dans l'estomac.

— Tu mens.

J'avais complètement oublié le petit discours que je venais de lui tenir – en gros, « dégage, sors de ma vie ».

— Je parie que tu veux ressortir avec moi, ai-je insisté.

— Plutôt mourir.

Un changement s'était produit. D'un coup, c'était Jim qui fuyait et moi qui le pourchassais. Je me suis jetée sur lui pour l'embrasser. Il a essayé de me repousser puis, pendant un bref et délicieux moment, il s'est abandonné et m'a rendu mes baisers avec tant de fougue qu'à cet instant-là j'ai su que ses sentiments pour Clotilde n'étaient pas aussi forts que ceux qu'il éprouvait pour moi. Puis il a reculé.

— Je ne peux pas lui faire ça, a-t-il murmuré avant de s'éloigner.

J'ai entendu quelqu'un applaudir derrière moi. En me retournant, j'ai aperçu Hugues.

— C'est quoi, la suite du spectacle ? a-t-il demandé.

— Ça fait longtemps que tu nous espionnes ?

— Oui, assez.

Il m'a examinée de la tête aux pieds.

— Je ne te connais pas très bien, alors, dis-moi, est-ce que tu te comportes toujours comme ça ?

— De quoi tu te mêles ?

J'avais l'impression qu'une force maléfique s'était emparée de moi. Je me sentais grisée par mon pouvoir de séduction.

— Clotilde est ma sœur. Si tu la cherches, tu me trouves.

— J'aurais dû me douter que deux attardés mentaux comme vous ne pouvaient qu'être de la même famille.

Sur ce, j'ai quitté la pièce, non sans le bousculer au passage.

Il m'a rattrapée dans le salon alors que le compte à rebours venait de commencer.

— Petite peste ! s'est-il exclamé. Qu'est-ce que Jim a bien pu te trouver ?

Je ne sais plus trop ce qui s'est passé ensuite. Je crois que je l'ai traité de pauvre type ou de demeuré et soudain, il m'a embrassée. On a lutté quelques secondes, puis je me suis dégagée en m'essuyant la bouche du revers de la main.

— C'était le seul moyen de te faire taire, a déclaré Hugues, embarrassé.

Dans la pièce, il régnait un silence de mort. Je me suis aperçue que tout le monde, y compris Jim, nous observait avec des yeux ronds.

4 janvier

Changement de programme ! Je veux reconquérir Jim. Je peux le récupérer à condition de m'y prendre avec finesse. Et ensuite, je le ferai tourner en bourrique. Chacun son tour.

Mais je ne suis pas ce genre de fille. J'aimerais bien. J'aimerais être calculatrice et cruelle, uniquement préoccupée par mon désir de vengeance mais... mais... Oh, j'avais enfin (presque) réussi à le rayer de ma vie. Et le harceler jusqu'à ce qu'il largue Clotilde ne servira qu'à m'attirer un mauvais karma dans mes relations futures.

Donc, bien que je sois tentée de jouer avec ses nerfs, je laisse tomber. Je vais m'en tenir à ce que j'avais décidé : garder mes distances.

Mais qui est-ce que j'essaie de tromper ?

17 janvier

Je suis une vilaine, très vilaine fille. Sans espoir de rédemption. Mais je sais, JE SAIS qu'il m'aime encore et qu'il veut ressortir avec moi. J'en mettrais ma main au feu. Même si, après la dispute et le baiser du nouvel an, Jim a tenté de me faire comprendre de façon claire et définitive (en évitant le café et en changeant de trottoir chaque fois qu'il m'aperçoit) qu'il ne veut plus me voir. Mais je n'y crois pas une seconde, c'est pourquoi je prends un malin plaisir à le piéger et à flirter avec lui sans vergogne. Le plus drôle, c'est que ce comportement odieux ne me ressemble pas. Pendant que je surveille Jim, Hugues me surveille, lui aussi, et essaie de me tenir à l'écart du copain de sa sœur.

Ce soir, je me suis retrouvée collée à Jim sur le canapé d'Alice pendant qu'on regardait *Virgin Suicides*[1] pour la cinquantième fois au moins. Clotilde était partie répéter une de ses pièces pourries, Alice avait

1. Film de Sofia Coppola.

tamisé les lumières et j'ai effleuré le bras de Jim. Je n'avais pas vraiment prévu mon geste. L'envie de me blottir contre lui, de sentir son corps contre le mien et d'entendre son cœur battre plus vite était si forte que j'en avais des fourmillements partout. Je sais, ce n'est pas bien de faire du plat aux petits copains des autres. Mais je l'ai connu avant elle. Et je devinais qu'il avait la même envie que moi. J'ai pris sa main.

— Arrête, a-t-il chuchoté en la retirant.

Recroquevillée au bord du canapé-lit, je commençais à avoir la bougeotte.

— Et arrête de remuer comme ça !

Il m'a poussée et j'ai atterri sur le sol ! Je lui ai lancé un regard noir.

Il a répondu par un haussement d'épaules, sans manifester le moindre remords.

— J'essaie de regarder le film, Edie, pendant que tu t'agites.

J'ai posé ma tête sur mes genoux en me demandant comment, dans cette pièce remplie de monde, je pouvais me trouver aussi solitaire. Pour couronner le tout, je me suis retrouvée assise à côté de Hugues qui m'a dévisagée d'un air moqueur avant de marmonner :

— Ah ! Encore raté !

Je crois que je n'ai jamais autant haï quelqu'un.

20 janvier

Jim ne vient plus seul au café. Mais aujourd'hui, j'ai réussi à le coincer. En rentrant du lycée, je suis passée récupérer ma paye et je l'ai découvert assis à la table du coin. Je me suis approchée de lui et je l'ai embrassé sur la joue. Il n'a pas eu l'air très content de me voir.

— Oh, c'est toi.

— Est-ce qu'il s'agit du même Jim qui m'a écrit ces mots... Attends que je me souvienne : « Tes baisers me manquent, et le bonheur de te tenir dans mes bras... »

Ma voix s'est mise à trembler.

Jim ne m'a même pas accordé un regard.

— La soirée du nouvel an a tout changé.

— Je sais.

Ma main est restée suspendue en l'air : c'est vrai, je n'avais plus le droit de le toucher.

— J'ai fini par comprendre que tu m'aimais encore et que je t'aimais aussi.

Il a soupiré comme si mes paroles réveillaient une vieille souffrance.

— Il faut tourner la page, Edie.

— Et si je ne peux pas ?

Je l'ai regardé tracer des dessins dans le sucrier avec son doigt. J'ai contemplé la petite mèche qui lui tombait sur les yeux, l'expression figée de son visage ; il me semblait loin, comme s'il n'avait jamais été proche de moi.

Il a levé la tête et m'a observée quelques instants en silence.

— Arrête ou je vais finir par te détester, a-t-il répondu avec tristesse.

On aurait dit qu'il savait qu'il mentait : il était toujours amoureux de moi.

Aveuglée par les larmes, je suis sortie du café en titubant et là, je suis tombée sur Hugues.

— Tiens, la briseuse de ménages, a-t-il raillé.

Je n'ai pas jugé utile de répliquer. Et puis j'étais à deux doigts de perdre le contrôle de moi-même. J'ai pris mes jambes à mon cou, sans oublier de le bousculer au passage.

23 janvier

Je planchais sur une dissertation de français ayant pour sujet la toxicomanie quand j'ai entendu la Mère Supérieure m'appeler.

J'ai passé la tête dans l'embrasure de la porte de ma chambre et là, vision de cauchemar : Clotilde en train dc monter l'escalier !

— Qu'est-ce que tu veux ? ai-je demandé, horrifiée.

L'ennemie débarquait sur mon territoire !

— Il faut que je te parle, a-t-elle répondu de sa voix de bécasse.

Elle a une voix suraiguë, à croire qu'elle se shoote à l'hélium.

Je suis restée sur le seuil, les bras croisés, afin de lui barrer l'entrée de ma chambre.

— À quel propos ?

— À propos de Jim et de Jake, a-t-elle dit après une hésitation, mais elle pouvait toujours jouer les petites filles perdues, je ne marchais pas un instant.

J'ai froncé les sourcils.

— Jake ?

Elle a levé les yeux au ciel.

— Mon frère.

— Oh, Hugues ! Eh bien, qu'est-ce qu'il y a ?

Clotilde m'a longuement examinée des pieds à la tête. J'ai regretté d'avoir mis cette vieille salopette et ce tee-shirt devenu gris à la suite d'un accident de machine à laver. Elle se fichait ouvertement de moi puis elle s'est débrouillée pour que je remarque son jupon roumain (que j'avais failli acheter chez H&M la semaine précédente).

— Ça ne te suffit pas de flirter avec Jim, maintenant Jake n'a plus que ton nom à la bouche. « J'ai vu Edie hier » par-ci, « Edie aime les Thrills » par-là. Ça n'arrête pas.

Sa voix était de plus en plus stridente.

— OK, j'admets, pour Jim, ai-je bredouillé. Mais je ne vais pas m'excuser. Tu ne peux pas comprendre ce qu'il y a entre nous. En revanche, je déteste Hugues, et c'est réciproque. Fin de l'histoire. Maintenant, j'ai une dissertation de français à rédiger, donc je te prie de bien vouloir dégager.

En tournant les talons, je l'ai entendue dire :

— C'est triste, tu sais. On aurait pu devenir de bonnes amies, toi et moi, mais si c'est ce que tu veux, tant pis, tu l'auras voulu...

J'ai fait volte-face.

— Est-ce que c'est une déclaration de guerre ?

Clotilde m'a jeté un regard haineux.

— Bien vu ! Tu n'imagines pas une seconde à qui tu as affaire.

30 janvier

Je m'attendais à recevoir des missiles Scud ou un truc du même genre mais l'appel aux armes de Clotilde est passé inaperçu. Si ce n'est que Jim commande maintenant son repas au McDo.

Quant à Alice, elle ne m'appelle plus, mais c'est parce qu'on s'est un peu perdues de vue. Dommage... elle me manque.

5 février

Quelle garce, cette Clotilde ! C'était l'anniversaire de Jim hier (je lui ai envoyé une carte et un CD de mon cru mais il ne m'a pas répondu quand je lui ai laissé un message pour m'assurer qu'il les avait bien reçus). Elle a organisé une fête en son honneur et a pris soin de ne pas m'inviter. Bon, d'accord, je l'ai mérité. Mais elle a convié Nicolas, MON ami. Et même Pénélope, la fille du café. Nicolas a décidé de boycotter sa soirée bien qu'il m'ait d'abord proposé de passer y jeter un coup d'œil histoire de me rapporter les ragots. Puis il a eu une crise de conscience au dernier moment : il est resté à m'écouter me lamenter pendant des heures. Il prétend que je suis en train de me transformer en « psychopathe obsessionnelle ». Pénélope, elle, est allée à la fête mais pour ce qui est de raconter les détails importants (Comment était habillée Clotilde ? Combien de fois Jim et elle se sont-ils embrassés ?), elle ne vaut pas un clou.

« Ils étaient ensemble sans être ensemble, si tu vois ce que je veux dire » : voilà son résumé – fort décevant – de la soirée. Et comme je râlais, elle a ajouté avec une pointe de sarcasme dans la voix que la prochaine fois, je n'aurais qu'à l'envoyer là-bas avec un questionnaire, comme ça elle n'aurait plus qu'à cocher les cases.

14 février

Trois cartes de la Saint-Valentin ! Record absolu. L'une d'elles vient forcément de Nicolas, il y a une Barbie dessus. Les deux autres sont l'œuvre d'un artiste. J'espère que celle avec la fleur de Georgia O'Keefe m'a été envoyée par Jim mais elle ne s'accompagne d'aucun message à l'exception de mon prénom écrit en grosses lettres et entouré d'un cœur.

La troisième est très étrange. Elle est illustrée d'un cœur ensanglanté et je n'ai pas reconnu l'écriture de mon mystérieux admirateur : « Même parmi les plus ardentes flammes pousse parfois un lotus doré. »

Je déteste les énigmes. Ça me donne la migraine.

16 février

Alice a appelé ! Ils vont passer le week-end à Southport et elle voulait savoir si j'étais partante.

Je me suis contrôlée à mort. Je n'ai pas demandé si Jim venait, bien que je ne l'aie pas vu depuis un mois et que je manifeste tous les symptômes du manque.

Quoi qu'il arrive, j'irai à Southport, même s'il n'y a qu'une chance infime pour qu'il fasse partie du voyage, lui aussi.

Et, je le note pour plus tard, non, je n'aime pas beaucoup la fille pathétique que je suis devenue.

21 février

Je ne suis pas allée à Southport. Clotilde, après avoir déterminé qui allait dans telle ou telle voiture, a décrété qu'il n'y avait plus de place pour moi. Il faut croire que je suis obèse. Paul et Alice étaient déjà partis, donc j'ai dû rester plantée là et prétendre que je n'avais aucune envie d'être du voyage, de toute manière.

— Il n'y a pas assez de place pour trois personnes à l'arrière... a expliqué Jim en évitant mon regard.

Clotilde m'a fait un sourire narquois.

— Désolée, Edie, la prochaine fois, peut-être,

a-t-elle minaudé en adressant un clin d'œil à ses deux nunuches de copines.

Je suis partie sans un mot. Ce n'était pas juste, elle avait réussi son coup. J'étais en train d'étudier la possibilité de me jeter sous le premier bus qui passerait lorsque j'ai senti qu'on me tirait par la manche. C'était Hugues. Voilà, mon bonheur était complet.

— Qu'est-ce que tu veux ? ai-je demandé, la gorge serrée ; j'essayais tant bien que mal de ne pas pleurer.

— Ne t'inquiète pas, je ne suis pas venu me réjouir de tes malheurs, a-t-il répondu avec un drôle de sourire. Bon, peut-être un peu.

Je me suis éloignée en le foudroyant du regard. Il m'a suivie.

— Pourquoi tu ne vas pas à Southport avec ton idiote de sœur ? me suis-je écriée au bout de cinq minutes.

Il a ignoré ma question.

— Où tu vas comme ça ?

— Je rentre chez moi. Je vais passer une annonce pour me trouver de nouveaux amis.

— Et moi, alors ?

— Tu as fumé du crack ? Je préfère devenir l'amie de... de...

Mais je n'ai pas pu trouver de métaphore assez percutante. Et puis j'étais à deux doigts de pleurer, alors me taire était encore la meilleure solution. On a marché jusqu'à l'arrêt de bus et j'ai fait semblant d'examiner les horaires comme s'ils recelaient les secrets de l'univers. Hugues m'a de nouveau tiré la manche et je me suis tournée vers lui. Il jouait avec sa chevalière en me reluquant. Et j'utilise ce terme à dessein : son regard s'est d'abord posé sur ma bouche puis sur ma poitrine, bien que, pour être honnête, il n'y ait pas grand-chose à voir de ce côté-là.

Le hic, c'est que j'ai rougi. Impossible de m'en empêcher.

Il me jaugeait carrément. Il est resté un moment comme ça, à me lorgner, et moi je rougissais de plus belle.

— Euh... ça te dirait d'aller au ciné ce soir ?

— Tu m'invites à sortir ?? ai-je bredouillé.

Il a planté ses yeux dans les miens.

— Ouais.

Je rêve !

21 février (plus tard)

J'ai passé une soirée... Je ne suis pas sûre qu'il existe dans le dictionnaire un adjectif susceptible de la décrire.

Je n'ai jamais rencontré quelqu'un comme Hugues. Bizarre, on s'est plutôt bien entendus alors qu'on a passé notre temps à se disputer. On s'est chamaillés au sujet du film, du paiement des places et du rang où on allait s'asseoir. Bref, on s'est pris la tête non-stop mais c'était assez rigolo, en fin de compte. Allez comprendre...

Il a vingt-trois ans (il fait une thèse d'art machin chouette) alors que je n'ai pas encore fêté ma majorité. Il porte des costumes de seconde main maculés de peinture. Il a les cheveux blond foncé avec une mèche claire et il semble tout droit sorti d'un vieux film en noir et blanc. Il est grand, maigre, élégant, et il a toujours l'air de a) rire d'une blague qu'il est le seul à comprendre ou de b) bouillir intérieurement. Au milieu du film, comme nos mains se rencontraient pour la énième fois dans le seau de pop-corn, Hugues m'a attirée contre lui et m'a embrassée. De petits baisers tendres qui me donnaient presque envie qu'il se jette sur moi. Et juste au moment où j'ai cru qu'il était sur le point de se laisser aller, il s'est redressé sur son siège et a reporté son attention sur le film.

— Essaie de suivre, a-t-il chuchoté à mon oreille. Je te poserai des questions après.

Avec Hugues, impossible de se détendre plus d'une minute.

Ensuite on est allés boire un verre dans le pub au coin de la rue.

— Tu m'amuses beaucoup, a-t-il lancé, hilare, alors que je m'enfermais à nouveau dans un silence embarrassé.

Pile à la seconde où je commençais à décompresser et à me demander s'il allait encore m'embrasser, Jim s'est assis sur le siège libre en face de nous !

— Qu'est-ce que tu fais ici ? ai-je demandé en

chœur avec Hugues sauf que lui semblait furax tandis que j'avais du mal à dissimuler ma joie.

Jim, dans la même pièce que moi !

Il a fait la grimace.

— Ta sœur a décidé de rester à Southport avec les autres mais je dois travailler demain. Qu'est-ce que vous fabriquez, tous les deux ?

— Rien, ai-je répondu avec un peu trop d'empressement.

Hugues, lui, a marmonné quelque chose au sujet du cinéma.

Jim s'est levé.

— Peu importe... a-t-il déclaré en nous jetant un regard soupçonneux. Je ferais bien de te ramener chez toi, Edie.

Hugues a froncé les sourcils.

— Merci, Jim, mais je m'en occupe.

— Ce n'est pas sur ton chemin, a répliqué Jim en se tournant vers moi. Allez, en route.

Bouche bée, je les ai regardés se disputer à propos de leur devoir respectif de chaperon, puis Jim a pris mon manteau et m'a poussée vers la porte.

On est restés silencieux pendant la plus grande partie du trajet. La tension était palpable. J'avais beau me rejouer la scène, je n'avais pas d'explication qui tenait la route.

— Tu peux me dire ce qui se passe ?

Jim m'a dévisagée d'un air furieux.

— Ce que tu peux être bête, Edie ! s'est-il exclamé

avec colère. Hugues ne s'intéresse pas à toi, il cherche juste à t'éloigner de moi. Tu ne vois pas qu'il t'utilise ?

— Qu'est-ce que ça peut te faire ? Tu te fiches de ce qui peut m'arriver.

— C'est faux, a-t-il répondu.

On était arrivés devant mon portail.

— Tu as une drôle de façon de le manifester, ai-je dit en cherchant ma clé. Avec toi, j'ai toujours l'impression d'être une moins que rien.

Nos regards se sont croisés et alors il a ouvert les bras. Je me suis blottie contre lui. Ça faisait si longtemps que j'avais oublié à quel point c'était bien. Ses baisers, à eux seuls, étaient une raison de vivre.

Mais très vite, il s'est reculé. Il a effleuré mon visage.

— Ne t'approche pas de Hugues, Edie. Les petites filles comme toi, il n'en fait qu'une bouchée.

Puis il s'est détourné et il est parti.

Si je continue à ressasser ces histoires, ma tête va finir par exploser.

23 février

Ils n'ont pas appelé, ni l'un ni l'autre. Je ne devrais même pas m'étonner.

28 février

Je suis allée à un concert avec Pénélope. On s'était lancées dans un débat visant à déterminer si notre cuisinier, Tony l'Italien, était vraiment italien ou s'il avait un défaut d'élocution quand j'ai aperçu Hugues au bar.

— Qui c'est ? a demandé Pénélope.

— Un type qui essaie de me faire perdre les pédales.

Pénélope a levé les yeux au ciel.

— Ce que tu peux être mélo par moments, Edie !

Je n'arrivais pas à m'intéresser au groupe sur scène ni même au chanteur sexy, on aurait dit que Hugues avait installé un radar exprès pour moi.

J'ai commencé à me trémousser discrètement de son côté mais il ne m'a pas saluée. Je ne sais même pas s'il m'a vue. De toute façon, je n'ai pas besoin de me prendre la tête avec un autre garçon.

3 mars

Aujourd'hui, quand j'ai retrouvé Nicolas pour déjeuner, il avait un scoop à m'annoncer. Il paraît que samedi soir, Jim et Clotilde ont eu une énorme dispute au sujet d'un décor qu'il avait peint pour une de ses stupides performances théâtrales. Résultat, ils ne se parlent plus. Ah, ah !

5 mars

Jim est passé au café me demander quels étaient mes projets pour la soirée !

— Oh ! Tu te souviens que j'existe ? ai-je répondu.

Il m'a lancé un de ses fameux regards : ça faisait tellement longtemps que je n'avais pas eu droit à son sourcil levé et à son sourire charmeur que j'ai accepté d'aller, je le cite, « faire un tour avec lui après le travail ».

Je suis si heureuse qu'il ait envie de me parler et de passer du temps avec moi que j'ai un mal fou à garder la tête froide. Pathétique ! Je crois que je prends le chemin de ma tante Gloria, celle qui lit des livres du style *Ces femmes qui aiment trop*. Je ne devrais peut-être pas me laisser amadouer comme ça. Quelle carpette ! C'est vrai, Jim souffle le chaud et le froid, il me fait souffrir et dès qu'il me siffle, je rapplique.

À part ça, je commence à me demander si je ne m'embrouille pas dans mes métaphores.

5 mars (plus tard)

Cette soirée ressemblait à un vrai rendez-vous, donc je n'ai pas pu m'empêcher de la considérer comme telle. J'ai battu le record du monde de vitesse sous la douche et entièrement vidé le contenu de mon placard sur la moquette avant d'opter pour une robe vintage à fleurs, mes bottes de moto et un turban noué sur mes tresses. Que voulez-vous, c'est un style.

Jim portait lui aussi ses bottes de moto avec un jean et une de ses chemises bizarroïdes achetées dans une friperie, couleur crème avec de fines rayures roses. J'imagine que toutes les vieilles dames qui travaillent dans les magasins de charité de la ville doivent les lui mettre de côté. « Quel horrible tissu, Gladys ! Le jeune homme mal peigné va sûrement l'acheter. Cinq livres, qu'est-ce que vous en dites ? »

Jim était tout ouïe. Il voit clair en moi, même quand je raconte n'importe quoi. J'ai fini par lui avouer que j'étais triste de ne plus voir Alice et que j'avais l'impression de ne plus avoir d'amis en dehors de Nicolas et aussi Pénélope, peut-être.

On a essayé d'éviter le « sujet Clotilde ». Jim, cependant, n'a pas pu s'empêcher de constater avec aigreur que c'était bien agréable de sortir avec une fille qui ne s'attendait pas qu'il paye chaque fois. Il n'y avait pourtant pas de quoi mais bêtement, je me suis sentie flattée.

On a bu un ou deux verres au pub, ensuite, Jim a proposé de finir la soirée dans une boîte qui passait du rock sixties. L'un comme l'autre, on n'osait pas prendre l'initiative alors qu'aucun de nous ne souhaitait rentrer. On a tourné autour du pot avec des « Tu peux venir, si tu veux » et des « Si tu es sûr que ça ne te dérange pas ».

Une fois en boîte, j'ai obligé Jim à danser malgré ses protestations, puis il a réussi à s'échapper pour commander des verres. En le regardant revenir, les yeux rivés à moi, j'ai senti mon cœur se serrer.

— Ces retrouvailles me donnent envie de pleurer, lui ai-je avoué quand il s'est rassis à côté de moi.

Il m'a prise par l'épaule et j'ai appuyé ma tête contre lui.

— Tes petites phrases me manquent, a-t-il répondu. Et toi aussi, tu me manques. J'ai failli t'appeler des centaines de fois.

— Tu aurais dû ! Rien n'a changé.

— Au contraire, tout a changé, a-t-il objecté en me prenant la main.

— Oh, s'il te plaît, embrasse-moi, ai-je supplié.

Je savais qu'alors la situation s'arrangerait.

Je me suis assise sur ses genoux, les doigts dans ses cheveux, mes lèvres collées aux siennes. L'instant aurait été parfait si je n'avais pas reçu une bière dans la figure. En levant les yeux, j'ai vu Clotilde, un verre vide à la main.

— Comment as-tu pu ? a-t-elle braillé. Avec cette créature !

Je n'ai pas demandé mon reste. J'ai laissé Jim en plan et, dans ma hâte, j'ai bousculé Clotilde.

Je me suis retrouvée à déambuler dans les rues de Manchester, trempée, frigorifiée et empestant la bière. Pas le moindre taxi à l'horizon. En voyant une voiture ralentir à mon niveau, je me suis dit qu'il ne manquait plus que ça : me faire kidnapper pour terminer la soirée en beauté. C'était Hugues.

— Monte, a-t-il rugi.

— Je n'ai pas besoin de tes services, merci.

— Ne m'oblige pas à descendre de la voiture, Edie.

Alors je suis montée.

On a gardé le silence quelques minutes. Hugues s'énervait sur le levier de vitesses. On aurait dit que c'était mon cou qu'il tenait entre ses mains.

— Tu es incroyable ! s'est-il écrié. C'est quoi, ton problème ?

Et j'ai compris qu'il avait dû assister à la scène dans la boîte.

— Arrête de hurler.

— Tu ne peux pas le laisser tranquille, hein ?

Il s'est rangé sur le bas-côté et a coupé le contact.

— Et alors ? En quoi ça te regarde, la vie privée de Clotilde ? ai-je répliqué d'un ton haineux. Il faut croire qu'elle est plus intéressante que la tienne.

— Qu'est-ce que tu en sais ?

— Tout ce que je sais, c'est que tu m'as invitée à sortir un soir et puis tu m'as ignorée.

Il m'a prise par les épaules.

— Oui, je t'ai invitée à sortir. Et tu as fini la soirée avec lui.

Moins d'une demi-heure auparavant, je m'étais jetée au cou de Jim mais soudain, j'avais envie que Hugues m'embrasse. Je me suis rapprochée de lui et j'ai collé mes lèvres aux siennes. Il a d'abord tenté de me repousser mais je l'ai enlacé et il s'est décidé à me rendre mes baisers. C'était autre chose qu'embrasser Jim. Hugues me serrait comme s'il avait peur que je me sauve et c'était toujours lui qui reculait le premier. J'ai essayé de l'embrasser encore mais il m'a tenue à distance.

— Le ministère de la Santé devrait financer des campagnes de prévention contre les filles comme toi, m'a-t-il dit avant de redémarrer.

9 mars

J'ai dû envoyer au moins cinquante textos à Jim ces trois derniers jours : il ne m'a pas répondu une seule fois. J'imagine que c'est sa façon de me faire comprendre qu'il s'est rabiboché avec Clotilde.

J'aurais peut-être appelé Hugues si j'avais eu son numéro de téléphone. Ou peut-être pas. Je ne sais pas trop ce qui m'arrive. Si j'étais certaine d'en avoir vraiment terminé avec Jim et que j'envisage de me trouver un nouveau copain, je ne crois pas que Hugues serait mon premier choix. Ni le second. Ni même le troisième. Mais ce n'est pas fini avec Jim. Et, de toute façon, je ne suis pas sûre que Hugues me plaise, et réciproquement. Ma seule certitude, au fond, c'est qu'il embrasse très bien.

15 mars

La nuit dernière, je suis certaine d'avoir entendu la sonnerie d'un téléphone. Au début, j'ai cru que c'était dans mon rêve : j'aidais Sidney Bristow, l'héroïne d'*Alias*, à sauver le monde de la menace terroriste. Et en prime, je bécotais Mr Sark, alors qui pourrait me reprocher de ne pas m'être réveillée ? Mais en me levant ce matin, j'ai trouvé un long message embrouillé (et, pour parler franchement, très troublant) de Jim sur ma boîte vocale. Heure de l'appel : 3 h 57 du matin. « Edie ? Oh, je ne devrais pas t'appeler... Il est tard... J'ai trop bu. Je... tu sais... je ne suis pas un sale type mais je te traite comme une moins que rien et je veux juste que tu saches que si je pouvais me dépêtrer de cette histoire avec Clotilde, je le ferais. C'est compliqué. Enfin, elle est compliquée. J'ai envie d'être avec toi, de t'embrasser, de te déshabiller... Oh ! là là, j'ai vraiment trop bu. Si tu savais comme je regrette d'avoir été horrible avec toi, tu ne le mérites pas. J'ai peur que tu finisses par en avoir ras le bol de moi et que tu décides de sortir avec quelqu'un d'autre. Mais pas Hugues, il ne vaut rien, celui-là. Lui et Clotilde, tous les deux... franchement, tu n'en croirais pas la moitié. Je... Tu me manques tant... Je voudrais que tu sois là avec moi... Oh, merde... Qu'est-ce qui m'a pris de t'appeler ?... »

Je ne comprends rien à ce charabia. Cela étant, il justifie en partie mes mauvaises résolutions concernant Jim : j'avais raison de croire qu'il voulait ressortir avec moi. Qu'est-ce que c'est que cette histoire au sujet de Clotilde et Hugues ? La seule idée qui me vient à l'esprit, c'est qu'ils ont une relation plus ou moins incestueuse. Beuuurk !

15 mars (plus tard)

Je viens de recevoir un texto de Jim : « Tp bu hier soir. Oublie. »

À force de tirer sur la ficelle, elle va finir par craquer.

21 mars

Nicolas a un rendez-vous. Je suis super-contente pour lui. Surtout que le rendez-vous en question est un garçon adorable dont il rêve depuis des semaines. Mais on est samedi après-midi et j'aurais dû me pomponner avant d'aller faire la fête. Au lieu de quoi, je vais louer une vidéo pour la regarder avec ma mère. Et vous ne savez pas la meilleure ? C'est mon anniversaire ! J'ai dix-huit ans aujourd'hui. C'est censé être un grand événement. Nicolas avait pensé annuler sa sortie pour m'emmener dîner mais comme il me rebat les oreilles au sujet de Joe depuis deux mois, je me suis comportée en adulte responsable. Alice m'a appelée ce matin mais elle va à une rave à Blackpool avec les « autres » et je n'ai pas été invitée. On n'est plus vraiment amies, alors pourquoi devrait-elle se sentir obligée de rester avec moi pour mon anniversaire ? Ce qui me blesse le plus (et là, je parle d'une souffrance comparable à une amputation), c'est que Jim ne m'a pas envoyé de carte. Pas même un coup de fil ou un texto, rien. J'ai dix-huit ans et je vais les fêter seule.

Est-ce que je suis infréquentable à ce point ?

21 mars (plus tard)

Oh ! là là ! Je suis tombée sur Hugues au magasin de vidéos. Heureusement, j'avais opté pour *Le Fabuleux Destin d'Amélie Poulain*. Dire que j'ai d'abord failli prendre *La Revanche d'une blonde II* ! J'ai entendu quelqu'un tousser derrière moi.

— Alors, c'est comme ça qu'on a prévu de passer son samedi soir ?

Bien entendu, il rapportait un film d'auteur étranger avant de sortir avec ses amis super intéressants avec lesquels il avait prévu une soirée super intéressante.

— Oh, c'est toi.

Je suis allée me choisir une glace sans lui prêter attention.

— J'ai entendu dire que tu avais réussi à garder tes distances avec Jim, a-t-il poursuivi en m'emboîtant le pas. Ou vice versa.

— Dégage, ai-je marmonné.

Il s'est appuyé contre la porte du congélateur. La plupart des garçons savent pourtant qu'il est dangereux de s'interposer entre une fille et son Magnum au chocolat.

— Tu étais un peu plus causante la dernière fois que je t'ai vue. Quand tu n'essayais pas de fourrer ta langue dans ma bouche, évidemment.

— Écoute, j'étais perturbée, je ne savais pas ce que je faisais.

— Tu parles !

Assez plaisanté, il était temps de mettre les voiles.

Hugues m'a suivie dans la file d'attente. Je regardais devant moi, en priant pour que les autres clients s'activent un peu.

— Tu t'esquives toujours quand ça devient intéressant, a-t-il raillé.

— Ou quand tu te mets à m'insulter.

— Bon, à un de ces quatre, chérie.

Il s'est penché pour m'embrasser sur la joue avant de disparaître.

Comment ai-je pu envisager une seconde d'avoir une relation avec ce type infect ?

Mais j'avais d'autres chats à fouetter dans l'immédiat. En arrivant chez moi, j'ai trouvé un énorme bouquet de fleurs sur le seuil. Sans rire, il y avait une centaine de freesias blancs enveloppés dans du papier rose. Avant même de lire la carte qui les accompagnait, j'ai su que c'était Jim qui me les avait envoyés. Un jour, je lui avais confessé que c'étaient mes fleurs préférées – j'adore leur odeur – mais que, malheureusement, elles étaient au-dessus de mes moyens. Elles avaient dû lui coûter une fortune.

C'était encore une de ces cartes dont il a le secret. Un collage, cette fois, de mots en français et de photos de filles des années soixante. Il avait écrit : « Je me souviens très bien de ce que je faisais l'année dernière au même moment. Je ne peux pas remonter le temps mais je te souhaite un joyeux anniversaire. Je t'aime. J. xxx »

Quand je suis entrée en reniflant, ma mère m'a annoncé que Pénélope venait d'appeler (j'avais laissé mon portable à la maison) et qu'elle m'attendait au Dry Bar avec deux copines du lycée.

Maman m'a gentiment proposé de remettre notre soirée entre filles à une autre fois. Elle s'est assise au bord de mon lit tandis que j'enfilais un jean en pleurnichant.

— Dis-moi ce qui ne va pas, ma chérie. C'est au sujet des fleurs ?

— Une histoire de garçons, ai-je hoqueté. Trop compliqué.

Et là j'ai éclaté en sanglots alors que 1) pleurer le jour de son anniversaire vous attire le mauvais œil pour le reste de l'année 2) je suis censée être une adulte désormais.

Maman m'a fait asseoir à côté d'elle, m'a serrée fort dans ses bras et ne m'a pas harcelée avec ses questions. Et en prime, elle m'a prêté ses boucles d'oreilles Art déco.

Je me suis bien amusée. J'ai un peu trop bu, je me suis fait baratiner à mort par un joueur de réserve de Manchester City : pendant un bref moment, j'ai envisagé de sortir avec un footballeur. J'ai même pensé changer mon nom en Chardonnay. Finalement, je me suis envoyé un paquet entier de chips et Pénélope a dormi à la maison. C'est ce qui s'appelle terminer une soirée d'anniversaire en beauté.

26 mars

Hier soir, je suis allée faire un tour avec Jim parce que je suis la plus grosse andouille de la terre. Je suis devenue la carpette de mon ex. Il m'a appelée pour me proposer de sortir. Comme si on n'avait jamais rompu. Comme si Clotilde n'avait jamais existé. Et j'ai dit oui.

Il est venu me chercher en voiture et j'avais à peine fermé la portière qu'il s'est jeté sur moi pour m'embrasser à pleine bouche. Nous sommes ensuite allés dans un pub tenu par un vieux monsieur du côté de Withington.

— Bon, j'imagine que tu sors toujours avec Clotilde, hein ? ai-je demandé tandis qu'il jouait avec ma main, la serrait dans la sienne, la caressait, voire me mordillait lcs doigts.

Bref, c'était carrément intense quand Jim me tenait la main.

Il a fait la grimace.

— C'est parce que je t'ai emmenée dans ce coin paumé, c'est ça ? Tu ne veux pas penser à autre chose, rien qu'un moment ?

— Je parie que tu n'as même pas envisagé de la larguer.

Ma voix s'est mise à trembler.

— C'est compliqué. Chaque fois, elle devient hystérique et Hugues...

— Quoi, Hugues ?

— Tu as vraiment le béguin pour lui ? Parce que de son côté, il te déteste. Il te voit juste comme un défi.

— Arrête, Jim. Tu sais très bien que moi aussi, je le déteste. Je ne serais pas ici avec toi si je m'intéressais à lui.

Jim a ouvert la bouche pour émettre une objection mais je me suis blottie dans ses bras et on s'est embrassés à en perdre la tête.

1er avril

À mon avis, le 1er avril, jour de la Saint-Hugues, devrait plutôt célébrer sainte Edie, patronne des bécasses. Hier, j'ai fini la soirée avec Jim, dans sa voiture qu'il avait garée dans un coin sombre d'un parking de supermarché. Je me vautre dans la médiocrité.

5 avril

J'ai envie de trucs de fille. Comme me vernir les ongles de pied en reluquant des acteurs sexy à la télé, ce que je n'ai pas fait depuis une éternité.

Bref, j'ai décidé d'organiser une soirée pyjama. Je sais, j'ai dix-huit ans, fini les enfantillages, mais bon.

11 avril

C'était une drôle de soirée pyjama. Visiblement, Alice aurait préféré être ailleurs et, après avoir balancé quelques réflexions bien senties concernant les ménages à trois, elle s'est éclipsée. Pénélope, Atsuko et Deborah – deux copines du lycée – ont regardé *Diamants sur canapé*, affalées sur mon lit, tandis que Grace, la petite sœur de Pénélope, n'a pas dit un mot de la soirée mais a essayé toutes mes fringues. Difficile aussi d'échanger des potins au sujet des garçons. « Je sors avec mon ex en douce et, de temps à autre, j'ai un besoin inexplicable d'embrasser le frère de sa copine » : non, décidément, ça ne passait pas.

On a sonné à la porte.

— C'est peut-être Alice qui revient, ai-je déclaré sans faire cas du « Oh, chouette ! » sarcastique de Pénélope.

Dans l'escalier, j'ai entendu Hugues demander à la Mère Supérieure si j'étais dans le coin. Je me suis ruée vers la porte.

— C'est bon, je suis là !

— Edith ! Je croyais que c'était une soirée entre filles...

Je lui ai jeté un regard noir.

— Laisse-nous, maman !

Devant mon air renfrogné, elle a fini par comprendre le message.

Hugues attendait, appuyé contre le chambranle, un sourire moqueur sur les lèvres.

— Edith ? a-t-il répété d'une voix mielleuse. Désolé d'interrompre ta petite fête.

J'avais plus que jamais conscience de porter un bas de pyjama écossais et un tee-shirt orné d'un lapin.

— Qu'est-ce que tu veux ? ai-je demandé avec mauvaise humeur.

— J'ai entendu dire que tu revoyais Jim...

— Non, c'est faux ! Qui t'a raconté ça ? C'est n'importe quoi.

Hugues s'est redressé.

— Tant mieux. Parce que j'ai envie de te donner une seconde chance. On pourrait sortir ensemble un soir, si tu veux.

Il m'a fait un sourire malicieux qui a transformé sa physionomie d'ordinaire renfrognée. Soudain, je l'ai trouvé pas mal et j'ai senti mon cœur battre un peu plus vite. Je me fais encore avoir.

— OK, ai-je répondu en haussant les épaules.

Sans prévenir, Hugues m'a poussée contre le mur et m'a embrassée à pleine bouche.

— Ça te permettra de patienter jusqu'à la prochaine fois, m'a-t-il dit après s'être reculé. Ah, et tu n'as pas besoin de me mentir, tu sais. Arrête de voir Jim et passe-moi un coup de fil.

— Attends, je n'ai pas...

Mais Hugues était déjà parti.

15 avril

J'ai décidé d'arrêter de me prendre la tête avec les garçons. Je vais plutôt m'occuper de mon diplôme. Et sérieusement. On n'est qu'à quelques semaines de l'échéance fatidique. Et j'ai perdu tellement de temps à batifoler en douce avec Jim tout en fantasmant sur Hugues que je n'ai pas entamé mes révisions.

Je leur ai envoyé un texto à chacun. Pour être honnête, je leur ai envoyé le même parce que je peux être assez roublarde quand je veux, pour peu que je sois sûre de ne pas me faire pincer. « J'entre en hibernation jusqu'au 11 juin pour cause de bachotage. N'essaie même pas de me contacter d'ici là. Je t'embrasse. Edie xxx » Je n'aime pas les textos. C'est un truc de feignants et puis on voit bien que j'ai passé la matinée à peaufiner ma petite phrase.

J'adore surtout les trois petites croix après mon prénom, comme autant de baisers. Très joli, je trouve.

29 avril

J'essaie de me concentrer sur mes études, ce qui se révèle plus difficile que prévu. Je suis censée réviser Shakespeare et mes cours de psycho mais je ne pense qu'à embrasser Jim et Hugues. À tour de rôle. Le reste du temps, je m'inquiète : suis-je en train de devenir une psychopathe obsédée par les garçons ?

23 mai

Les exams, c'est l'enfer. Point. Je sais que ce n'est pas le moment de ruminer mais aujourd'hui j'ai reçu une des fameuses cartes de Jim où il a dessiné ma tête émergeant d'un fouillis de livres et de cahiers. Il me souhaite bonne chance et, bien que je n'aie pas eu droit au mot qui commence par « A », il dit qu'il m'embrasse. Ça doit bien signifier quelque chose.

27 mai

Aujourd'hui, j'étais contente d'aller travailler. C'est la seule vie sociale qu'il me reste en ce moment. Pénélope voudrait qu'on monte un groupe ensemble après mes exams. Depuis qu'à ma soirée pyjama elle a mis la main sur ma vieille guitare acoustique qui croupissait sous mon lit, elle n'arrête pas de me rebattre les oreilles avec son projet. J'ai eu beau lui expliquer que j'avais laissé tomber au bout de cinq leçons, elle répète déjà son discours de remerciement pour les MTV Awards.

Grace, sa petite sœur un peu allumée, ne me lâche pas d'une semelle. Chaque fois que je tourne la tête, elle est là. Elle va peut-être se décider à dire bonjour ?

11 juin

J'ai passé mon dernier exam ce matin. J'ai planché sur l'histoire et je pense que ça ira. Heureusement, ma décision (risquée) de consacrer une grande partie de mes révisions à la révolution russe a payé. Quand je suis sortie du lycée, devinez qui m'attendait ? Hugues, assis sur le capot de sa voiture, lunettes de soleil vissées sur le nez et son éternel sourire moqueur aux lèvres. J'étais contente d'avoir fait un effort vestimentaire : je portais ma robe vintage à fleurettes et mes nouvelles Birkenstock roses (un cadeau de ma mère pour me consoler).

Hugues m'a pris mon sac des mains, l'a jeté sur le siège arrière et m'a fait signe de monter dans la voiture. J'ai obéi sans poser de questions.

On n'a pas échangé un seul mot jusqu'à ce que je m'aperçoive qu'il ne me ramenait pas chez moi.

— Où on va ?

Il m'a lancé un regard amusé.

— On a rendez-vous, tu te souviens ? J'ai attendu patiemment que tu termines tes études secondaires.

— Tu n'avais qu'à appeler, ai-je grommelé. Cela dit, je n'aurais sans doute pas décroché.

— C'est vrai, j'aurais pu..., a-t-il admis avant de me demander comment mes exams s'étaient passés.

On roulait maintenant dans la campagne, au milieu des vaches et des moutons. Hugues s'est montré encore plus infect que d'ordinaire (même lui en est convenu !), n'empêche qu'il avait prévu un pique-nique, enfin, pour être tout à fait exacte, il avait acheté des chips, des biscuits et une bouteille de vin. On s'est installés près d'un ruisseau et, après quelques verres, j'ai trouvé naturel de me blottir dans ses bras. J'ai commencé à somnoler mais ses baisers m'ont réveillée. Des baisers doux, languides. Même si je sentais qu'il avait envie d'aller plus loin, il n'a pas protesté quand je me suis rassise pour reboutonner mon cardigan.

Il s'est allongé dans l'herbe, le soleil faisait briller ses cheveux blonds. J'ai tout fichu par terre en demandant :

— Alors, on sort ensemble ?

Hugues a agité la main d'un geste désinvolte.

— Ne t'emballe, ma petite. Il suffit de mettre un nom sur les choses pour les gâcher. Viens plutôt m'embrasser.

Et comme je ne bougeais pas, il a poursuivi d'un ton glacial :

— C'est fini avec Jim. Il ressort avec ma sœur, et cette fois, c'est du sérieux. Enfin, tu vérifieras par toi-même.

Là, j'ai pris la mouche et j'ai exigé qu'il me ramène chez moi. Je ne lui ai pas adressé la parole du trajet. C'est fou ce que je peux le détester par moments ! Il a le don de me pourrir le moral en une fraction de seconde.

13 juin

Aujourd'hui, j'ai passé une journée de dingue. Jim et Clotilde sont venus me voir au café et, plantée sur le trottoir, j'ai été obligée d'avoir une petite « conversation » avec eux (les guillemets, c'est pour bien montrer le sarcasme).

Elle, je ne l'ai pas remarquée d'emblée. Quand j'ai levé les yeux de la machine à café, Jim venait d'entrer. Il m'a jeté un regard que je qualifierais de possessif et je me suis carrément liquéfiée. Hugues venait, une fois de plus, de me jouer un tour de cochon mais je m'en fichais pas mal parce que je plaisais encore à Jim. Ça faisait deux mois que je ne l'avais pas vu. Et alors ? Rien n'avait changé. Puis j'ai aperçu Clotilde juste derrière lui et j'ai eu comme une énorme boule dans la gorge. J'ai cru que j'allais vomir.

C'est Clotilde qui a parlé. Apparemment, Hugues avait raison, Jim et elle s'étaient réconciliés et là, c'était du sérieux.

— Et en quoi ça me concerne ? ai-je demandé.

— C'est à cause de toi qu'on a rompu la première fois, a-t-elle répondu d'un ton doucereux. T'es idiote ou quoi ? Je sais très bien que tu le harcèles depuis plusieurs semaines. Je suis au courant de tout, nous n'avons pas de secrets l'un pour l'autre, pas vrai, Jim ?

Je m'attendais qu'il prenne ma défense : il y était aussi pour quelque chose. Eh bien non... il s'est contenté de hausser les épaules comme s'il n'avait aucune raison de s'immiscer dans la conversation.

— Je ne crois pas à ces bobards sur ta pseudo-amitié avec Jim, a poursuivi Clotilde. C'est simple : si jamais tu essaies encore de nous séparer, je te promets que tu passeras un été éprouvant, sans Alice, sans Paul, sans Hugues.

Mon sang s'est figé.

— Qu'est-ce que tu vas faire, me bannir de la ville ?

Les yeux de Clotilde lançaient des éclairs.

— Je ne plaisante pas, Edie. Je suis très sérieuse.

Je me suis tournée vers Jim.

— Il n'y a jamais rien eu entre nous, a-t-il dit calmement, comme s'il essayait de se convaincre.

Je lui ai adressé un regard suppliant. Pourquoi ne l'envoyait-il pas balader ? Pourquoi n'avouait-il pas qu'il m'aimait ? Mais on n'était pas sur la même longueur d'onde, visiblement.

— On est bien d'accord ? a demandé Clotilde.

Je n'avais pas d'autre choix : j'ai acquiescé.

16 juin

J'ai reçu un mail de Jim hier soir :

> À : pipelette@hotmail.com
> De : artboy@hotmail.com
> Désolé.
>
> J.

Bon, on dirait que ça y est : la ficelle a craqué.

17 juin

Je vais passer l'été à travailler au café à temps plein. Je dois aussi décider de mon avenir, et puis j'attends les résultats du A-levels[1] qui seront sûrement désastreux. Je n'ai toujours pas envoyé mon dossier d'inscription universitaire : la fac qui m'intéresse (français et histoire de l'art à Londres) exige des notes ridiculement élevées, donc je vais peut-être devoir repasser des matières à la rentrée. Dans ce cas, je ne sais pas trop ce que je vais faire de mon année... peut-être décrocher un job minable au McDo et économiser des sous pour voyager. Nicolas a émis l'idée d'aller vivre quelques mois en Amérique du Sud mais comme on a tous les deux des goûts de luxe et qu'on ne pourra jamais dormir ailleurs que dans un hôtel trois étoiles, on va sans doute devoir économiser une petite fortune.

Ce serait un bon plan de soigner mon cœur brisé d'ici septembre. J'essaie de rester zen, de ne pas parler de Jim à tort et à travers, mais la nuit, je n'arrive pas à fermer l'œil. Ce type est un handicapé émotionnel. C'est du moins ce que dirait ma tante Gloria.

1. A-levels : l'équivalent, en France, du baccalauréat. *(N.d.T.)*

21 juin

Hier, j'ai commencé à bosser à plein temps. J'ai passé l'après-midi avec Pénélope qui prend son service à l'heure du déjeuner. Elle pourrait bien devenir ma nouvelle meilleure amie. Elle est cool et marrante, et puis elle a ce petit côté... détaché. Elle se tient toujours un peu en retrait, et je trouve sa stratégie pas bête du tout. Ces derniers temps, elle ne rêve que de monter un groupe de filles.

Auparavant, elle a joué dans un groupe de garçons (je vous laisse deviner la suite !) mais ce n'étaient que des « crétins sexistes sans le moindre talent qui pensent que les seins, ça gêne pour jouer de la guitare ». Sauf que quand c'est Pénélope qui le dit, on croirait Courtney Love avec l'accent de Manchester. Et si je prenais une année sabbatique pour apprendre le métier de rock star ? Euh... non, peut-être pas. Je doute que les parents soient d'accord.

Enfin, la nouvelle de l'année, c'est qu'ils libèrent les lieux pendant deux mois. Mon père prend un congé sabbatique (de la flemme, oui !) et il emmène ma mère en croisière à l'occasion de leur seconde lune de miel. Bizarrement, ils ont l'air plutôt ravis d'abandonner le navire et leur propre fille par la même occasion, sans le moindre adulte responsable pour veiller sur elle.

« C'est toi l'adulte responsable, en théorie », a répondu mon père d'un ton sec après que je lui ai fait cette remarque. Pour sa part, ma mère a déjà rempli le congélateur de plats surgelés – de quoi tenir huit semaines – pour s'assurer que je ne vais pas vivre de poisson pané jusqu'à leur retour. Le fait que mon job au café consiste en grande partie à cuisiner un tas de trucs ne l'a pas effleurée une seconde.

25 juin

En rentrant du café, où j'avais consacré la journée à nettoyer la plaque de cuisson, j'ai trouvé Hugues chez moi. Hugues l'insaisissable, en train de boire le thé en tête à tête avec la Mère Supérieure.

Quand deux univers aussi différents se rencontrent et vous jettent le même regard désapprobateur parce que vous êtes noire de crasse, croyez-moi, vous feriez n'importe quoi pour être ailleurs.

— On a eu une rude journée ? m'a demandé Hugues en souriant de toutes ses dents tandis que ma mère semblait sur le point de me débarbouiller illico presto, comme si j'étais un marmot dissipé.

C'est qu'elle en serait bien capable.

Quand je suis revenue après m'être lavée et changée, Hugues s'est levé d'un bond : il devait en avoir sa dose, de ma mère.

— Jake a l'intention de t'emmener au cinéma, n'est-ce pas adorable ? s'est-elle exclamée d'un ton ravi.

J'ai froncé les sourcils à l'intention de Hugues qui m'a dévisagée avec un air de défi.

— S'il avait voulu être adorable, *Jake* aurait pris la peine de téléphoner pour prévenir.

— J'irais bien revoir *Lost in Translation* [1], a suggéré Hugues en ouvrant la portière de sa voiture. Qu'est-ce que tu en dis ?

Bien entendu, les pubs n'avaient pas encore commencé qu'il collait déjà sa bouche à la mienne. En sortant du ciné, il m'a annoncé que samedi prochain, on était invités à dîner chez Clotilde avant de me pousser dans un taxi. Qu'est-ce que c'est que cette idée tordue ? Je ne veux même pas y penser.

30 juin

Me voilà promue guitariste du groupe cent pour cent féminin de Pénélope, Mellow Star. Atsuko et Deborah sont à la batterie et à la basse. Elles ne savent pas jouer mais Pénélope (dont la capacité à balayer d'un geste tout – personne ou objet – ce qui n'entre pas dans ses grands projets musicaux me fait froid dans le dos) prétend que c'est un atout : au moins, elles n'ont pas eu l'occasion de développer de mauvais tics. Et elle me trouve « instinctive ». Pourquoi ? Parce que je sais jouer le début de *Me Against The Music* à la guitare. C'est de l'ironie, je crois.

1. Film de Sofia Coppola. *(N.d.T)*

1er juillet

Hugues vient juste de m'appeler pour régler les détails du dîner de demain soir. Supposant que cette invitation n'était qu'une de ses vilaines blagues, je n'y avais plus pensé. Or la vilaine blague en question est une idée de Clotilde. Hugues a beaucoup insisté, comme si on sortait vraiment ensemble, insinuant que je serais une garce de refuser d'aller dîner chez sa sœur. N'empêche, elle est tout à fait capable de mettre de la mort-aux-rats dans mes pâtes.

Bref, j'y vais. Jim aussi, mais ma décision n'a rien à voir avec lui. Je n'ai pas mentionné son nom depuis douze jours dans ce journal, ce qui ne peut avoir qu'une signification : la ficelle a bel et bien craqué.

2 juillet

Ce soir, Clotilde m'a eue à dîner (à prendre au sens littéral). À mon arrivée, Jim et Hugues ont remarqué avec mépris qu'on était devenus des petits couples étriqués version sitcoms américaines. Moi, je trouvais l'idée d'un dîner plutôt cool et adulte. Jim m'a adressé un bref signe de tête puis il s'est empressé de m'ignorer. Et je l'ai ignoré en retour. Plutôt deux fois qu'une.

J'ai tendu à Clotilde la bouteille de vin blanc que je venais d'acheter.

— Je ne bois que du rouge, a-t-elle minaudé. Mais je pourrai toujours m'en servir pour cuisiner.

Cette fille est la reine des coups bas.

Et bien que j'aie pris la peine d'appeler Hugues pour préciser que je n'étais pas branchée légumes, elle avait préparé un gratin immonde aux haricots mung avec une salade. J'ai réussi à les faire passer en avalant des litres d'eau entre chaque bouchée.

Puis Hugues et Jim ont commencé à se disputer au sujet de l'art contemporain britannique. Clotilde intervenait de temps à autre avec des phrases du type : « Pour moi, Tracey Emin est une figure féminine essentielle dans l'art actuel. » Ils agissaient comme si je n'étais pas là. Et ils étaient si prétentieux, si imbus d'eux-mêmes que j'ai perdu le fil. Jusqu'à ce que je m'aperçoive que le trio me dévisageait avec des yeux ronds.

— Quoi ?

— On se demandait ce que tu pensais du travail de Damien Hirst, a dit Clotilde. J'ai hâte d'entendre ton avis.

Damien Hirst, le type qui collectionne des moutons morts ?

— Euh... je trouve son œuvre légèrement agressive...

Hugues m'a encouragée d'un sourire.

— Mais encore ?...

Clotilde a posé une main réconfortante sur mon bras : j'ai senti ses ongles s'enfoncer dans ma chair.

— Désolée, Edie, mais tu nages un peu. Voyons plutôt un sujet à ta portée... Pour ma part, je ne crois pas avoir regardé un seul épisode de *Dawson*.

— Oh ! là là, on croirait entendre ma mère ! me suis-je exclamée en toute innocence.

Remarque qui m'a valu un coup d'œil assassin de la part de Clotilde.

J'ai croisé le regard de Jim : ses yeux vert sombre, qui semblaient refléter le même désir et le même désespoir que les miens, m'ont clouée à ma chaise. Hugues m'a poussée du coude.

— Aide-moi à débarrasser la table, s'il te plaît.

Après avoir ramassé quelques assiettes, je me suis précipitée vers la cuisine, suivie de Hugues qui a claqué la porte derrière lui.

— Tu es avec moi, m'a-t-il rappelé en me plaquant contre le frigo. Ne l'oublie pas, ma poulette.

Et quand Jim est venu chercher le dessert cinq minutes plus tard, il nous a trouvés scotchés l'un à l'autre. Je pense que le vin y était pour quelque chose. Et puis ce baiser, c'était le seul agrément de cette soirée cauchemardesque.

Sur le chemin du retour, Hugues a dû faire une halte pour que je vomisse. Il ne m'a même pas soutenue pendant que je rendais mes tripes.

— J'aurais dû me douter que tu n'es pas en âge de tenir l'alcool ! a-t-il raillé avant de me jeter sur le siège avant.

Il m'a obligée à garder la tête au-dehors pendant le reste du trajet.

A priori, notre histoire sent la fin.

7 juillet

Je me trompe peut-être : j'ai vu Hugues chaque soir de cette semaine. Mais il ne veut toujours pas entendre parler d'une relation. Je crois qu'il veut juste coucher avec moi. Et me faire visiter toutes les galeries d'art des environs.

Rien qu'une fois, j'aurais envie de rencontrer un garçon sympa que j'aimerais et qui m'aimerait en retour. Quelqu'un de drôle et qui embrasse bien, et sans personne pour nous mettre des bâtons dans les roues. Est-ce trop demander ? Les autres ont l'air d'y arriver, alors pourquoi pas moi ? Je commence à croire que je n'attire que les types perturbés.

15 juillet

Je me suis levée à l'aube pour dire au revoir aux parents. Cette histoire de seconde lune de miel, c'est bien joli, mais ça me déprime un peu : au rythme où vont les choses, je n'aurai même pas l'occasion d'en vivre une première. Ils me laissent sans surveillance car ils savent que je suis trop trouillarde pour faire la fiesta derrière leur dos. C'est vrai que je ne suis pas rassurée à l'idée de rester seule à la maison, surtout quand les marches se mettent à craquer, c'est très flippant.

15 juillet (plus tard)

Je n'en reviens pas de ce qui s'est passé au boulot aujourd'hui ! Anna est venue nous annoncer sans crier gare qu'elle avait embauché un nouveau cuisinier pour préparer les plats rapides durant l'été. Avec Pénélope, on se faisait une joie de travailler avec un super-chef mignon à croquer quand Anna a ajouté :

— Oh, je crois que tu le connais, Edie. C'est Jim, le garçon qui travaille dans le magasin de disques d'à côté.

J'ai réussi à me maîtriser :

— Ah ouais, Jim, c'est chouette, ai-je marmonné.

Mais après, Pénélope m'a dit que j'avais changé de couleur.

15 juillet (encore plus tard)

Je n'ai même plus le temps d'aller aux toilettes, ces derniers jours. Je suis sortie du boulot à cinq heures et j'ai filé répéter avec Pénélope, Atsuko et Deborah avant de me précipiter chez moi pour masser mes doigts endoloris et me pomponner un peu : Hugues avait prévu de m'emmener à un vernissage. Très sophistiqué, le vernissage (traduire : prétentieux). Je suis restée seule avec mon verre de vin blanc, tandis que les amis de Hugues s'extasiaient sur « la débauche de couleurs » et que Jim et Clotilde s'embrassaient derrière une sculpture post-moderne. Moi-même, j'expérimentais la débauche de couleurs : j'étais verte et je voyais rouge.

— Pourquoi tu boudes ? a demandé Hugues qui venait de me rejoindre.

— Ces gens sont vraiment... insupportables, ai-je balbutié.

Impossible de lui expliquer pourquoi j'étais à deux doigts de commettre un double homicide.

— Chaque fois qu'on sort, il faut toujours que tu m'emmènes dans des endroits pleins d'installations artistiques super-moches.

Hugues a fermé un moment les yeux. Il fait ça tout le temps.

— Tu n'as qu'à proposer une sortie, la prochaine fois.

Je lui ai lancé un regard incrédule.

— Parce qu'il y aura une prochaine fois ? Prévoir une sortie ensemble sous-entendrait que nous formons un couple.

— Il me semble qu'il faut avoir couché ensemble pour entrer dans cette catégorie, a-t-il murmuré d'une voix suave.

Je me suis sentie rougir.

Hugues ne tient peut-être pas à devenir mon petit ami officiel mais pour le reste, pas d'ambiguïté : il n'est manifestement pas contre l'idée de se retrouver avec moi dans un lit.

Je me suis dépêchée de changer de sujet.

— J'aimerais que tu viennes avec moi à la soirée de fin d'année du lycée.

— Pouah ! s'est-il exclamé. Je parie que ce sera

plein de futurs électriciens et de pauvres filles inscrites en secrétariat.

Il a frissonné.

— Je suppose que c'est non, alors ?

Hugues s'est contenté de sourire puis il m'a prise par l'épaule avant de m'entraîner du côté de Jim et de Clotilde qui venaient de reprendre leur respiration. J'aurais préféré qu'ils continuent à s'embrasser : Jim est resté planté là comme un crétin et Clotilde a réussi à m'envoyer une dizaine de remarques perfides à la figure en moins de cinq minutes. Ces deux-là se méritent.

15 juillet (beaucoup plus tard)

Je viens de me comporter comme la pire des nunuches. Mais ce n'est pas ma faute si, à deux heures du matin, la plomberie s'est mise à couiner : j'ai cru qu'un serial killer s'était caché dans ma penderie. Dans ces cas-là, on a tellement peur qu'on fait des bêtises. Comme appeler son pseudo-petit copain pour qu'il vienne inspecter la penderie en question.

Hugues l'a plutôt bien pris, même si sa voix trahissait un léger agacement quand il a découvert que le soi-disant serial killer était en réalité un tuyau d'arrivée d'eau chaude.

— Tu es sûre que ce n'était pas juste un prétexte ? a-t-il demandé après avoir reposé le club de golf que je lui avais donné pour me défendre.

— Quoi ?

— Oui, un prétexte pour me faire venir chez toi et me mettre le grappin dessus !

J'ai commencé à me sentir mal à l'aise, dans mon pyjama. J'étais nue en dessous !

— Dans tes rêves !

— Je pourrais m'installer ici pendant l'absence de tes parents. Tu sais, pour éloigner les intrus et m'assurer que leur fille est en sécurité.

J'ai hoché la tête en souriant.

— Mmmm, et qui va me protéger contre toi ?

J'ai ouvert la porte d'entrée et Hugues s'est jeté sur moi pour m'embrasser. Son baiser m'a tellement chamboulée que j'ai dû m'agripper à ses épaules pour ne pas tomber à la renverse.

— Maintenant, tu sais ce que tu rates, a-t-il lancé tandis que je le poussais vers la porte.

— Va-t'en !

— On se voit lundi soir, alors.

— Lundi soir ?

— La soirée du lycée.

Par moments, je ne sais plus si j'ai envie de l'embrasser ou de le trucider.

20 juillet

J'ai toujours préféré les heures qui précèdent une soirée, quand je me pomponne, que la soirée elle-même. Je sais, ce n'est que la fête de fin d'année du lycée et Hugues n'a accepté de venir que parce que je le harcelais, mais je suis surexcitée. Au point que j'ai passé la journée entière chez le coiffeur : l'argent que m'avait laissé ma mère en cas d'urgence a servi à payer une manucure et des mèches peroxydées. Je ne sais pas ce que je ferai si le ballon d'eau chaude explose mais au moins j'ai une coiffure mortelle.

Mon coup de folie chez le coiffeur m'avait en quelque sorte inspirée. Tout en appliquant du vernis rose nacré sur mes ongles de pied et en me demandant si ce n'était pas too much d'assortir mes barrettes à ma robe rose pâle style sixties, j'ai décidé que ce soir, j'allais retomber en enfance. Adieu maturité et responsabilités ! Ce soir, j'allais être IMmature et IRresponsable. Ras le bol d'être la reine du self-control.

21 juillet

Hugues est arrivé à l'heure hier soir. Pile à l'heure : je crois bien que c'est la première fois.

La sonnette d'entrée a retenti pendant que j'enfilais mes sandales à talons compensés. J'ai descendu l'escalier avec mille précautions, histoire de ne pas me rompre le cou. L'idée de passer quatre heures d'affilée avec Hugues me donnait des crampes d'estomac.

En ouvrant la porte, je l'ai trouvé la main levée, prêt à sonner de nouveau. Il portait un pantalon étroit et une chemise à manches courtes imprimée de petits motifs géométriques. Hugues avait toujours l'air d'être né quarante ans trop tard. Mais sans paraître ringard pour autant.

— Tu as pris ton temps, a-t-il râlé en se passant la main dans les cheveux.

— Il a fallu que je négocie les marches. J'ai eu du mal à choisir entre la mode et l'aspect pratique.

Hugues me rendait toujours aussi nerveuse. Et quand je suis nerveuse, je me transforme en moulin à paroles.

Il m'a regardée de la tête aux pieds et je me suis sentie rougir de la racine des cheveux jusqu'aux orteils (peints en rose nacré).

— J'ai l'impression que c'est la mode qui l'a emporté, a-t-il répondu avec malice. Tu arrives à marcher avec ces trucs ?

— Plus ou moins.

— J'entre ? À moins que tu ne sois prête, pour la première fois dans notre brève mais tumultueuse histoire commune ? Au fait, je te trouve très bien. Tu ressembles à un milk-shake à la fraise.

— Merci, Hugues, ai-je répliqué d'un ton maussade.

— J'adore le milk-shake à la fraise ! a-t-il protesté en m'adressant un sourire moqueur. Ce que tu peux être susceptible ! Tu as tout ? Clés, portefeuille, gloss, portable... ?

— Je suis prête. Tu as pris ta voiture ?

— J'ai pensé qu'on irait à pied. J'aurais peut-être dû me renseigner sur tes chaussures. On essaiera de trouver un taxi une fois qu'on aura rejoint l'avenue.

Comme je titubais sur mes talons hauts, Hugues m'a prise par le coude. Il n'est pas du genre à donner la main, d'ordinaire. Au vrai, il méprise les marques d'affection en public, à l'inverse de Jim qui adorait m'embrasser à pleine bouche sous les abribus et les portes cochères, et qui me tenait toujours la main. Mais Jim appartenait au passé. Hugues, lui, était là, maintenant. Je n'ose même pas m'imaginer à quoi ressembleront les futurs élus de mon cœur, s'il y en a.

La fête avait lieu au Kudos, une boîte de nuit ringarde située dans le centre-ville.

Hugues n'a pas pu s'empêcher de frémir en apercevant les deux videurs et la bande de types en chemise pastel inondés d'after-shave bon marché, qui attendaient à l'entrée.

— Je n'en reviens pas que tu aies réussi à me traîner ici, a-t-il marmonné.

— Attends d'être à l'intérieur, tu n'as encore rien vu. Ils ont des palmiers en plastique et une piste de danse qui s'allume.

— C'est un de tes endroits fétiches ?

— Un des cuisiniers du café a fêté son anniversaire ici. Une énorme bagarre s'est déclenchée, j'ai même vu un type se prendre une bouteille dans la figure. C'était horrible. Sa copine pleurait parce qu'elle avait du sang partout sur sa robe et...

— Edie, a coupé Hugues d'un ton menaçant. Je t'accorde une heure, et si c'est nul, on s'en va.

— Écoute, ce soir je fête la fin de deux années de

ma vie, lui ai-je répondu tandis que les videurs détachaient le cordon de sécurité pour nous laisser passer. Tu pourrais au moins faire semblant d'être content pour moi. Tout le monde ne peut pas être aussi cool que toi.

— C'est certain, a-t-il observé. Qu'est-ce que tu veux boire ? Un de ces immondes cocktails de filles que tu apprécies tant ?

J'ai acquiescé et il s'est frayé un chemin vers le bar.

Me retrouver seule au milieu d'une boîte de nuit n'est pas mon occupation favorite. J'ai essayé de prendre une pose nonchalante style « j'attends que mes cinquante meilleurs potes reviennent des toilettes », mais j'étais certaine que toutes les personnes présentes me considéraient comme une pauvre nouille sans le moindre ami.

Soudain, quelqu'un m'a pincé la taille. J'ai sursauté.

— Salut, Edie ! s'est exclamé Nicolas. Tu es jolie comme un cœur. Tu ressembles à un milk-shake à la fraise. On en mangerait !

Je me suis blottie contre lui.

— Je suis si contente que tu sois là. Je ne suis pas dans mon assiette.

J'aime bien quand Nicolas me fait des câlins. Non seulement il sent bon, mais en plus, je n'ai pas peur qu'il commence à s'imaginer des trucs.

— Tu peux feindre d'être avec moi si tu veux, mais si j'ai un ticket ce soir, c'est chacun pour soi.

C'est bien Nicolas, ça, le cœur sur la main.

— Je suis venue avec Hugues. Ce n'était pas une bonne idée de l'emmener ici. Il n'est pas d'humeur à faire la fête, alors on doit partir dans une heure.

— Ah, les vieux ! a ironisé Nicolas en levant les yeux au ciel.

— Il n'a que vingt-trois ans. Cinq ans de différence, ce n'est pas grand-chose.

— Sauf que, la plupart du temps, il se prend pour ton père. Il est bizarre, ce type.

— Il faut juste apprendre à le connaître. Il est très drôle, en fin de compte.

— Ouais, drôle de type, si tu veux mon avis, a conclu Nicolas, résolu à avoir le dernier mot.

J'allais riposter avec une remarque assassine quand il m'a prise par la main pour m'entraîner sur la piste de danse illuminée.

— Nicolas ! ai-je protesté. Hugues va me chercher.

J'ai essayé de lui échapper mais il n'a rien voulu entendre.

— C'est « Horny Horny Horny » ! Notre chanson, en quelque sorte !

Nicolas m'a fait virevolter comme dans un film. Et je n'ai pas eu d'autre choix que de me laisser faire.

Voilà aussi ce que j'aime, chez lui : c'est le seul garçon que je connaisse qui danse avec moi sans avoir peur d'avoir l'air tarte ou efféminé.

J'ai enfin réussi à m'échapper. Mes pieds me faisaient souffrir : j'allais m'en tirer avec de belles ampoules mais pour le moment, c'était surtout Hugues qui me préoccupait. Je l'ai trouvé adossé à un pilier : il avait l'air de passer la pire soirée de sa vie. Mon cœur s'est serré, je n'aurais jamais dû le forcer à m'accompagner. Je me suis dirigée vers lui d'un pas chancelant en priant pour qu'il ne soit pas trop furax !

— Désolée, je suis tombée sur Nicolas...

Il a souri et m'a tendu mon verre où les glaçons avaient fondu.

— C'est bon, Edie, tu n'as pas besoin de te justifier, a-t-il crié pour se faire entendre par-dessus la musique. J'aime te regarder danser, tu devrais te lancer dans le cabaret.

Je me suis détournée – j'avais les joues en feu. Il m'a pris le menton.

— Qu'est-ce qu'il y a ? a-t-il demandé d'une voix rauque.

— Je ne sais pas, ai-je bredouillé. J'ai envie de m'asseoir, je... Il fait très chaud.

Je l'ai supplié en silence : s'il te plaît, embrasse-moi, et, comme la dernière des idiotes, j'allais lui demander de me prendre dans ses bras lorsque Deborah et Atsuko sont venues me saluer.

— On dérange ?

— On aurait voulu passer un moment en tête à tête... a répondu Hugues en m'attirant à lui, un bras autour de mon épaule.

— J'ai des bouffées de chaleur, ai-je expliqué.

— Mmmm, c'est vrai que tu as l'air drôle, a observé Deborah. Comme si tu venais de courir le marathon.

— Je viens de danser avec Nicolas. Qu'est-ce que vous faites là ? Ce n'est pas votre truc, ce genre de soirée, si ?

— Nous non plus, on n'aurait pas pensé te trouver ici. On est juste venues rattraper le temps perdu avec les garçons qui nous plaisent depuis deux ans, a expliqué Atsuko.

— Et on ne partira pas tant qu'on n'en aura pas fini avec eux, a renchéri Deborah.

J'ai senti Hugues se raidir.

— Je ferais mieux d'emmener Edie avant que vous lui donniez des idées, a-t-il décrété. J'espère que vous avez pensé au baume à lèvres, on dirait que vous allez en avoir besoin.

Atsuko avait l'air de se demander si c'était du lard ou du cochon, et moi-même je n'aurais pas su dire si Hugues plaisantait ou s'il se fichait carrément d'elles.

— Hé, minute.

Je lui ai jeté un regard de défi.

— On vient juste d'arriver. J'aimerais passer un peu de temps avec mes amies.

Hugues a répondu par un haussement d'épaules signifiant plus ou moins que ça ne le dérangeait pas. Mais son expression trahissait l'agacement.

— Je vais saluer Matt pendant que vous parlez chiffons et autres trucs de filles.

Et il est allé voir le DJ qui se trouvait être un de ses amis.

Atsuko et Deborah ont paru se détendre.

— Je m'étonne qu'il ne t'ait pas encore passé une laisse autour du cou, a ironisé Deborah en s'asseyant sur un canapé.

— Je sors avec un type que mes amis détestent. Je sais qu'il adore faire de la provoc mais quand il veut il est charmant. Juré.

— Qui essaies-tu de convaincre ? Nous ou toi ?

— Je ne sais pas trop ce que je ressens. Il m'en fait baver mais je finis toujours par l'embrasser.

— Le schéma classique, a expliqué Atsuko (son père est psy). Quand il t'embrasse, tu te convaincs qu'il n'est pas si odieux. Alors qu'il se montre odieux parce qu'il sait que ça te déstabilise, et du coup, il fait de toi ce qu'il veut. Tu suis ?

— Non, pas vraiment, ai-je répondu en levant les yeux au ciel.

— Elle veut dire que c'est le genre de type qui veut tout contrôler, Edie, a renchéri Deborah, exaspérée. Tu lui as presque demandé la permission de rester trois minutes avec nous.

— C'est compliqué. Je suis ressortie avec mon ex...

— Jim ?

— Oui, et Hugues est convaincu que je ne suis pas digne de confiance, sous prétexte que je sortais avec les deux en même temps... Vous devez vous figurer que je n'ai aucune morale ou que je suis obsédée par les garçons, non ?

— C'est courant comme problème, a déclaré Deborah. Il m'est arrivé de sortir simultanément avec trois garçons parce que je n'arrivais pas à savoir lequel je préférais.

— Mais tu es avec Hugues maintenant, non ? a demandé Atsuko. Il finira par oublier.

J'ai soupiré.

— Il ne veut pas reconnaître notre relation. Il affirme que chacun doit laisser respirer l'autre mais...

— Mais ?

— Il prétend que si on sort ensemble, alors on devrait avoir... hum, des rapports sexuels, sauf que je ne suis pas sûre... ai-je balbutié. Pas terrible, comme argument, hein ?

— Non, pas terrible, a reconnu Deborah. Une chose est de coucher avec un garçon qui compte vraiment pour toi, mais si c'est uniquement dans l'espoir qu'il se décide à admettre que vous êtes ensemble, c'est du n'importe quoi.

— Mais qu'est-ce que tu fabriques avec lui ?

— Je ne sais pas, ai-je marmonné. D'accord, il n'est pas toujours facile mais ça pimente aussi notre relation.

— Les garçons sont des crétins ! s'est exclamée Deborah avec véhémence.

On a passé un moment à déblatérer sur la crétinerie de la gent masculine. J'étais contente de me rapprocher de Deborah et d'Atsuko, même si c'était en cassant du sucre sur le dos de Hugues. C'est alors que je l'ai justement vu qui venait vers moi.

— Edie, s'il te plaît, est-ce qu'on peut s'en aller ?

J'ai jeté un œil du côté de Deborah et d'Atsuko. Elles n'avaient pas l'air disposées à m'aider.

— On se voit demain à la répétition ! ont-elles lancé avant de se lever. Serait temps d'aller trouver notre première victime, a ajouté Deborah en s'éloignant.

— Bonne chance ! ai-je crié.

Je me suis retrouvée seule avec Hugues. Il m'a caressé la joue.

— Fichons le camp d'ici.

On a pris un taxi pour rentrer. À la minute où j'ai ouvert la porte, je me suis débarrassée de mes chaussures.

— J'ai les pieds en compote.

Hugues m'a suivie dans le salon en riant. J'ai fait du thé, il a réquisitionné tous les coussins du canapé et on s'est installés par terre pour écouter mon CD de Belle And Sebastian. C'est bizarre, quand les parents ne sont pas là. Comme si la maison m'appartenait (quoique je n'aurais jamais choisi des rideaux aussi moches). On a siroté notre thé en silence mais cette fois, je n'étais pas mal à l'aise. Quand il n'y a personne autour de lui, Hugues est un type adorable : il me fait rire, on parle de livres et de films, on joue à des jeux idiots. Il caresse Pudding jusqu'à ce qu'elle se mette à ronronner comme un moteur et je me dis que je pourrais vraiment tomber amoureuse de lui.

Mais je n'irai jamais jusque-là avec Hugues : quelque part, je sais que plus je m'ouvre à lui, plus il sera en mesure de me faire souffrir un jour ou l'autre. Comment je peux avoir l'esprit aussi tordu ?

Quand le CD s'est arrêté, j'étais étendue sur le tapis et Hugues, allongé sur moi, me maintenait les bras le long du corps en me mordillant la lèvre inférieure. C'était frustrant de ne pas pouvoir le toucher pendant qu'il m'embrassait. Il a lâché mes poignets et, après avoir retroussé ma robe, il m'a chatouillé l'intérieur du genou. Divin ! Puis il s'est enhardi et il a remonté sa main de plus en plus haut sur ma cuisse jusqu'à ce que je la chasse d'une tape. Il s'est maîtrisé et s'est remis à m'embrasser mais au bout de quelques minutes, il s'est attaqué à la fermeture Éclair de ma robe. D'un mouvement brusque, je me suis rassise.

— Non !

— Non ? a-t-il demandé en se rapprochant à nouveau.

Je l'ai repoussé. Il s'est levé et m'a jeté un regard ulcéré.

— Je ne vais pas attendre éternellement, Edie. Il va bien falloir que tu perdes ta virginité un jour, alors autant que ce soit avec moi.

J'ai tenté de m'expliquer.

— Ce n'est pas le bon moment. Je ne suis pas prête, c'est trop tôt.

Hugues a levé les yeux au ciel.

— C'est à cause de moi ? Tu as peur ?

— Je ne sais pas. Je crois que oui. Parfois, j'ai l'impression que je t'intéresse seulement pour... enfin, tu sais...

— Tu n'arrives même pas à le dire ! s'est-il exclamé, au comble de l'exaspération. C'est normal d'avoir des relations sexuelles, pas la peine d'en faire un fromage.

— C'est quelque chose d'important pour moi. C'est un moment unique. Je veux perdre ma virginité avec un garçon qui m'ai... qui s'intéresse sincèrement à moi. Je n'ai pas envie de faire ça sur le tapis du salon.

Hugues a secoué la tête d'un air incrédule.

— Il faut que j'y aille. Je t'appelle.

— Ne m'en veux pas.

J'ai voulu l'enlacer mais il m'a repoussée. Avec douceur mais fermeté.

— Je t'appelle, a-t-il répété.

Et il est parti sans que j'aie pu ajouter un mot.

22 juillet

Je n'ai pas fermé l'œil de la nuit. J'ai passé mon temps à me tourner et à me retourner dans mon lit ou à tapoter mes oreillers pour trouver la position idéale. Les paroles de Hugues me trottaient dans la tête. Peut-être avait-il raison, peut-être faisais-je beaucoup d'histoires pour rien. D'ailleurs, en y réfléchissant, je m'apercevais que j'étais la seule fille dans mon groupe d'amies à être encore vierge. À part Grace, la petite sœur de Pénélope. À peine quinze ans au compteur.

Ce n'était pas la douleur qui m'effrayait (enfin, pas seulement) mais plus je m'accrochais à ma virginité (je déteste ce mot !), plus j'avais du mal à envisager de franchir le pas. Certes, Hugues m'attirait beaucoup et, par moments, je tenais réellement à lui, mais était-ce avec lui que je voulais faire l'amour pour la première fois ? S'il est vrai qu'on n'oublie jamais sa « première fois », est-ce que, dans cinquante ans, j'aurai toujours plaisir à évoquer le souvenir de Hugues dans mes bras ? Mais surtout, je me demandais si je n'aurais pas dû coucher avec Jim quand on était ensemble. En dépit de ce qu'il m'avait fait subir, il aurait été... comment dire... la personne idéale pour cette première fois. Au fond, il avait été le premier pour tout le reste. Mon premier petit ami. Mon premier amour. Le premier à me briser le cœur aussi, et en mille morceaux, avant de le piétiner à grands coups de talon. Mais peut-être que ça ne devait pas être lui, en fin de compte.

23 juillet

Je n'ai pas dormi la nuit dernière non plus ! Je crois que je fais de l'insomnie. Il suffit que je me couche pour que mes angoisses au sujet du diplôme et des garçons resurgissent. Ces états d'âme nocturnes m'épuisent et me sapent le moral. Ce matin, j'ai réussi à sortir de mon lit pour aller prendre une douche froide qui a) ne m'a pas aidée à me réveiller b), m'a mise de plus mauvais poil encore. Je regrettais que la Mère Supérieure ne soit pas là, au moins j'aurais pu décharger mon agressivité sur elle avant d'aller travailler.

J'ai enfilé un pantalon de treillis et un tee-shirt usé (en vertu d'une logique absurde, j'avais décidé d'assortir mes fringues à mon état d'esprit), une paire de tennis (mes pieds étaient encore endoloris) et j'ai attaché mes cheveux avant de sortir en trombe de chez moi.

J'ai eu beau manifester bruyamment mon mécontentement auprès des vieilles dames qui se mettaient en travers de ma route ou encore faire les gros yeux aux enfants insouciants qui osaient s'immiscer dans mon champ de vision, j'étais toujours très énervée en arrivant au travail. Et là, j'ai vu Jim, super-sexy, même avec sa blouse de cuisinier et son jean délavé qui tombait sur ses hanches. Il m'a adressé un signe nonchalant de la main et m'a souri à travers le passe-plats (oh, cette petite fossette !) mais je l'ai ignoré et, armée de mon carnet et de mon crayon, je me suis dirigée vers deux hommes d'affaires qui attendaient à une table.

Ce n'est pas ma faute. Quand vous êtes à cran et qu'un imbécile en costume-cravate s'adresse à vous de la manière suivante : « Un peu de nerf, ma poulette, on ne va pas y passer le réveillon », il peut s'estimer heureux que vous ne lui serviez pas sa formule spéciale petit déjeuner sur les genoux. Anna s'est précipitée juste au moment où l'assiette que je tenais à la main commençait à pencher dangereusement vers le client et m'a consignée dans la cuisine pour le reste de la journée.

J'ai ouvert la porte d'un coup de pied en jetant un regard noir à Jim et à Tony l'Italien.

Jim a bondi mais Tony s'est contenté de s'esclaffer.

— Je te prépare un café serré, Edie, a-t-il dit avec un clin d'œil. Et pas la peine de parler, sauf si c'est pour un compliment, d'accord ?

Je lui ai lancé un autre coup d'œil assassin et il a ri de plus belle. J'ai pris des tranches de pain et j'ai attaqué la première avec mon couteau à beurre. On a travaillé en silence pendant près d'une heure, jusqu'à ce que Tony annonce qu'il allait faire le tour des grossistes.

— Je te laisse les commandes, Edie, a-t-il déclaré avant de sortir. Mais attention, on ne drague pas le petit nouveau.

Dès l'instant où il a franchi la porte, je me suis tournée vers Jim, l'air furieux.

— Tu n'aurais pas pu trouver du boulot ailleurs ? Il a fallu que tu te fasses embaucher ici, histoire de me pourrir la vie pendant les huit semaines à venir !

Jim a paru blessé mais j'étais immunisée contre ses yeux de chien battu.

— Je connais Anna depuis des lustres. Je travaille à côté depuis trois ans.

— Pourquoi tu n'es pas resté chez Rhythm Records pour l'été ?

— Tu peux éviter de pointer ce couteau dans ma direction ? a répondu Jim d'un ton nerveux. Ils n'ont plus besoin de personnel à plein temps et j'ai des retards de loyer à payer, alors Anna m'a suggéré de venir vous donner un coup de main. Remarque, si j'avais su que tu te montrerais aussi charmante, je me serais peut-être fait embaucher avant.

— Ah, ah, ah, très drôle. Dis donc, je ne savais pas que tu cuisinais.

Jim, soudain très embarrassé, a reporté son regard sur la plaque de cuisson où deux saucisses informes commençaient à carboniser.

Malgré moi, j'ai souri.

— Sans blague !

— Arrête ! s'est exclamé Jim.

J'ai ignoré sa supplique.

— Tu ne sais pas cuisiner, ai-je caqueté. Tu ne sais même pas préparer un café digne de ce nom ! Tu crois vraiment que tu vas réussir à t'improviser expert en plats rapides ?

— Tu vas continuer comme ça toute la journée ou tu te décides à m'aider ? a demandé Jim, piqué au vif, tandis que les saucisses se mettaient à fumer.

— Il vaut mieux que tu t'occupes des sandwichs, ai-je répondu en l'écartant gentiment.

J'ai commencé à gratter les morceaux de viande brûlée qui étaient restés collés à la plaque.

Jim craignait sans doute que je vende la mèche auprès d'Anna alors que je n'en avais aucune intention, toujours est-il qu'il s'est montré super-gentil avec moi. Entre deux sandwichs, il me proposait du thé ou un muffin, tandis que, de mon côté, je pestais parce que je manquais de sommeil et que j'allais sentir le bacon tout l'été durant. Parfois, c'est fou ce que j'aime jouer les enquiquineuses.

Jim a fini par renoncer à me mettre de bonne humeur. Je crois que j'ai décroché le pompon quand il m'a demandé si je comptais me rendre à des festivals cet été.

— Tu n'es plus mon petit ami, Jim. Notre relation a tourné au fiasco et c'est entièrement ta faute, alors cesse de jouer les types concernés.

Je peux être sacrément désagréable quand je n'ai pas eu mes huit heures de sommeil.

24 juillet

Catastrophe ! Je fais maintenant partie de ces gens sinistres qui parlent de leur boulot à longueur de journée.

J'ai réussi à ne pas adresser la parole à Jim de la matinée parce que je travaillais en salle. Entre nous, l'atmosphère est plus glaciale que le pôle Nord. Je n'arrive toujours pas à dormir (peut-être parce que je suis seule à la maison ?) alors je deviens très susceptible. Et sa présence continuelle n'arrange pas les choses. Il s'entend bien avec Pénélope et je dois reconnaître que ça m'énerve un peu. Ils ont le droit de se dire bonjour mais Pénélope est MON amie.

Je me donne un mal de chien pour rencontrer des gens qui n'ont rien à voir avec mon ancien groupe de copains et l'idée de Jim et Pénélope ensemble, dans la même pièce, me donne des boutons : à mon avis, elle sait que j'ai du mal à tourner la page bien que j'essaie de persuader la terre entière du contraire.

Et puis, allez comprendre. Aujourd'hui elle a pris son service à midi et au bout de dix minutes, elle et Jim s'entendaient comme s'ils se connaissaient depuis la maternelle. Il n'en faut pas plus pour me rendre malade.

Chaque fois qu'elle entrait dans la cuisine avec une nouvelle commande, elle imitait Djamel Debouzze (c'est dépassé depuis trois ans !) et Jim lui répondait sur le même mode. Si je les entends encore s'écrier : « Dites-moi pas que c'est pas vrai ! », je les empale avec ma fourchette à viande.

Après le déjeuner, j'ai pris ma pause et j'ai réussi à faire une sieste d'une heure sur des sacs de farine dans la réserve. Quand j'ai refait surface, j'avais l'impression d'avoir à peu près retrouvé forme humaine.

J'ai fait un saut à la cuisine pour jeter un coup d'œil dans le frigo. Jim était en train de répartir de la mayonnaise dans des bols.

— Je meurs de faim ! Il reste du poulet ?

— Oh, salut, Edie, ta diabolique sœur jumelle est venue ce matin, elle te cherchait, a-t-il lancé d'un ton sec.

— Désolée, ai-je répondu d'une petite voix.

C'est vrai que j'avais été imbuvable.

— J'ai passé une mauvaise nuit.

Jim m'a examinée un bref moment.

— On dirait que tu n'as pas dormi depuis des lustres. Tu as d'énormes cernes sous les yeux.

— Merci, toi au moins, tu as du tact.

— Ça te donne l'air mystérieux, s'est-il empressé d'ajouter pour se rattraper. Comme si tu étais restée éveillée toute la nuit pour écrire des poèmes.

Impossible de lui en vouloir plus longtemps. C'était au-dessus de mes forces.

— La vérité est beaucoup moins romanesque, ai-je expliqué en souriant. J'ai quelques soucis en ce moment, voilà tout.

Toi et le frère de ta copine, par exemple, me suis-je dit.

Jim a hoché la tête avec sympathie : il était certain que j'avais réussi mes examens les doigts dans le nez.

J'ai commencé à préparer la pâte des muffins pour le lendemain en fredonnant les chansons que diffusait la radio pendant que Jim faisait la vaisselle. En levant les yeux de mon plan de travail, je l'ai surpris en train de m'observer, un petit sourire triste aux lèvres.

— Quoi ?

— Rien, c'est juste bizarre de te voir travailler. J'avais oublié que tu étais débrouillarde.

— Hugues et toi, vous adorez me traiter comme une petite fille, la plupart du temps.

— Il est toujours aussi arrogant ? a demandé Jim d'une voix qui trahissait l'agacement.

— Je n'ai pas envie de parler de lui.

Silence.

— Bref... Oui, je suis une sacrée débrouillarde – c'est ce que ma mère dit toujours – et j'aurai conquis le monde dans deux ans, trois mois et dix-sept jours à peu près.

Jim s'est esclaffé avant d'ajouter d'un ton moqueur que j'aurai sans doute tenté mon premier coup d'État d'ici la fin de l'été.

On a passé un super-après-midi. Pas la moindre allusion à Hugues ou à Clotilde. On a fait les andouilles et on a chanté par-dessus les CD de Jim. En rentrant à la maison, j'avais envie qu'on ressorte ensemble.

Rien que lui et moi, comme avant. Mais en mieux, parce que j'avais beaucoup mûri depuis. Je ne savais pas comment j'allais gérer sa présence à mes côtés pendant l'été. Et puis il commence à faire vraiment chaud et je vais sans doute crever à force d'inhaler toutes ces odeurs.

27 juillet

Heureusement, les répétitions m'évitent de déprimer à l'idée de passer l'été à Manchester. J'ai fait une sieste en rentrant du boulot suivie d'un long bain parfumé aux essences de thé vert de l'Occitane. Après, je me sentais beaucoup mieux. Quand je suis arrivée au local qu'on a déniché pour répéter, Atsuko et Deborah étaient déjà là. Grace, la petite sœur bizarroïde de Pénélope, était venue, elle aussi.

— Salut, ai-je lancé en m'agenouillant pour sortir ma guitare de son étui. Combien de garçons avez-vous emballés l'autre soir ? ai-je ajouté tandis qu'Atsuko se branchait sur l'ampli installé près de moi.

— Huit ou neuf, a-t-elle répondu avec désinvolture. Je n'ai pas le compte exact, pour être franche.

— Ouh, c'est du joli ! Et toi, Deborah ?

— Elle a fini dans les bras de cet étudiant en art dont elle rêve depuis six mois, a grommelé Atsuko. Et elle a passé la semaine l'oreille scotchée à son téléphone, à attendre qu'il la rappelle.

— J'ai déjà donné et je ne m'en suis pas encore remise, ai-je remarqué.

— Et comment ça s'est terminé avec Hugues ?

— On s'est disputés parce que j'ai refusé de coucher avec lui.

— La routine, quoi, a ironisé Atsuko.

— Ouais...

— Dites, vous deux, vous allez continuer à bavasser jusqu'à demain matin ou est-ce qu'on peut répéter les chansons de notre premier disque de platine ? s'est écriée Pénélope qui bidouillait son micro sur la scène.

L'air de rien, je crois que je deviens une vraie rockeuse. Même si la guitare me donne mal au dos et me blesse les doigts, j'arrive à prendre des poses de rock star, maintenant que je fais mes accords correctement. Je commence même à chanter pendant les refrains (euh... hurler serait peut-être un terme plus approprié) et j'adore ça. Je m'occupe des harmonies tandis que Pénélope s'époumone. Dans les chansons (où elle parle des garçons qui sont tous des pourris), Pénélope se décrit comme une tueuse super-entraînée. La plupart du temps, je me tortille en brandissant ma guitare ou j'essaie de sauter de l'estrade où se trouve la batterie en peaufinant mon *la* bémol. Je n'aurais jamais cru penser ça un jour, mais je regrette de ne pas avoir été plus attentive en cours de musique au collège. Pas étonnant que je n'aie jamais dépassé la moyenne. J'adore traîner avec les filles. C'est une autre planète que les garçons, Dieu merci ! Depuis que Pénélope m'a forcée à intégrer le groupe, je me sens membre à part entière d'une bande. Ces filles sont devenues mes meilleures amies. J'avais oublié à quel point c'est génial d'avoir des copines. Il y avait plein de choses que je ne pouvais pas faire avec Jim ou Hugues, comme roter ou essayer d'enfourner un maximum de Pringles dans ma bouche, mais avec ces nanas-là, je peux me le permettre, elles ne m'en apprécieront que davantage.

On a clos la répétition avec notre chanson fétiche : « Les Vampires n'ont pas d'avenir », en hommage à *Buffy*. J'ai réussi à aller au bout de mon solo sans me tromper une seule fois. J'étais en train de chanter à tue-tête : « Tu f'ras moins le malin avec un pieu dans le cœur » quand j'ai aperçu Hugues près de la porte, adossé contre une pile d'amplis hors d'usage. Du coup, j'ai raté mon accord, ce qui m'a valu un regard assassin de Pénélope. Et puis je me suis dit : qu'il aille se faire voir ! Je faisais partie d'un groupe. J'avais trouvé du travail. Je n'avais pas besoin de lui. Il allait devoir s'habituer à la véritable Edie, à des lieues de la petite fille mal dans sa peau qu'il connaissait. Cette pensée ne m'a pas quittée tandis que je grimpais sur l'estrade pour achever mon solo avant de m'élancer sur la note finale.

Le silence s'est installé pendant qu'on reprenait notre souffle, bientôt rompu par les applaudissements de Hugues. Pour une fois, sa réaction semblait sincère.

— C'était génial ! s'est-il exclamé en venant me rejoindre.

J'ai posé ma guitare et je me suis tournée vers les autres, interdite.

— On n'est pas assez au point pour se produire en public, a objecté Pénélope, mais on ne l'arrêtait plus. Sérieux, tu nous as trouvées à la hauteur ? On ne veut surtout pas passer pour un girls band minable. Enfin, je pense qu'on assure question mélodies.

— Vous êtes excellentes, toutes les quatre, a-t-il déclaré.

Je ne l'avais jamais vu aussi enthousiaste.

— Votre musique est à la fois révoltée et commerciale, un peu comme celle des Raincoats, le groupe préféré de mon frère aîné.

— J'adore les Raincoats ! s'est écriée Pénélope.

Et j'ai pensé : Hugues, un frère aîné ? Puis : Qu'est-ce qui lui prend ? Ça ne lui ressemble pas, d'être gentil avec mes amies. Ce doit être la pleine lune.

Il s'est tourné vers moi :

— Je ne savais pas que tu jouais aussi bien. Tu es super-cool sur scène. On dirait Courtney Love en moins flippante.

J'ai haussé les épaules en protestant pour la forme.

Hugues avait été kidnappé par des extraterrestres, c'était la seule explication. Il nous a aidées à ranger notre matériel dans la remise qui jouxtait la salle de répète et a insisté pour nous offrir une tournée au pub afin de nous féliciter. Pénélope a renvoyé Grace chez elles sous prétexte qu'on ne serait jamais servis nulle part avec une mineure dans les pattes, et on a échoué au Dry Bar. Hugues m'a même tenu la main DANS LA RUE. Il n'a pas arrêté de me décocher des sourires et des œillades admiratives. J'aurais dû le laisser venir plus souvent aux répétitions.

Un ange. Pénélope l'a tout de suite adoré vu qu'il connaissait tous les obscurs groupes indépendants qu'elle portait aux nues. Et Atsuko et Deborah ont fait bonne figure parce qu'il était leur « entrée » dans le paradis des beaux étudiants en art. Moi-même j'ai réussi à oublier qu'il s'était comporté comme le dernier des mufles pendant la fête de fin d'année parce qu'il me tenait la main et me traitait comme une princesse en présence de mes amies. Une révélation totale !

À dix heures, j'ai cassé l'ambiance en annonçant que je devais partir.

— Oh, reste, Edie, a gémi Pénélope. Il est encore tôt.

— Je commence à huit heures et demie toute la semaine, lui ai-je rappelé. Pour toi, ce n'est pas un problème, tu arrives à midi.

— Oh, c'est pas juste, a-t-elle poursuivi sur le même ton.

Pile à ce moment, le portable de Deborah a sonné et elle s'est précipitée dehors pour répondre.

— Ça sent l'étudiant en art, a commenté Atsuko d'un ton acerbe, tandis que je me levais pour enfiler ma veste.

— À demain, Pénélope, et à bientôt, les autres, ai-je lancé à l'intention de Hugues et d'Atsuko.

Hugues ne semblait pas décidé à me laisser partir.

— Tu prends le bus pour rentrer ?

— Oui, il me dépose en haut de ma rue.

Il s'est levé.

— Je te ramène jusqu'à l'abribus.

J'ai fait mine d'ignorer les sourires narquois de Pénélope et d'Atsuko. Je leur ai adressé un signe alors que Hugues m'entraînait vers la sortie, un bras autour de mon épaule.

Il avait fait des efforts phénoménaux pour se rattraper. Cependant, on n'en était pas encore au stade où on s'embrassait sous les abribus. Mais il me tenait la main, c'était déjà pas mal.

— Je suppose qu'il n'est pas question que je vienne avec toi ? a-t-il fini par demander avec un petit sourire.

— Tu supposes bien.

— Mais tu réfléchiras à ce que j'ai dit l'autre soir, n'est-ce pas ?

— Oh, ne commence pas, ai-je grommelé en levant les yeux au ciel. On vient de passer une bonne soirée, ne va pas tout gâcher.

— Je n'en ai pas l'intention. Mais je suis sûr que ce serait super, nous deux. Je ferais en sorte que ça se passe bien.

— Voilà mon bus, ai-je annoncé sans parvenir à

dissimuler mon soulagement. Donne-moi un peu de temps, tu veux bien ?

Il s'est penché pour m'embrasser au coin des lèvres.

— Ne me fais pas trop attendre, Edie.

1er août

Une certaine routine s'est installée cette dernière semaine. Je travaille en essayant de me convaincre que je peux passer de longs moments en compagnie de Jim sans en être affectée. Je répète avec le groupe. J'attends le coup de fil de Hugues. J'attends encore. J'imagine que je pourrais l'appeler mais il n'est pas question que je fléchisse. Je tiens à remporter ce round. Entre le boulot, les répètes et l'attente, le temps semble me filer entre les doigts.

2 août

J'en viens à attendre le dimanche avec impatience pour pouvoir traînasser. J'étais en train de me motiver pour sortir du lit, histoire de ne pas louper mon feuilleton, quand le téléphone a sonné.

J'ai pris mon portable sur la table de nuit. J'étais encore abrutie de sommeil mais suffisamment réveillée pour espérer. Avec un peu de chance, j'entendrais la voix de Hugues à l'autre bout du fil. Raté : c'était Alice, dont je n'avais plus de nouvelles depuis des siècles.

— Edie ? C'est toi ? Je te réveille ?

— À vrai dire, oui, ai-je marmonné. Mais j'avais l'intention de me lever bientôt.

— Il est une heure de l'après-midi.

Je percevais une pointe d'agacement dans sa voix, même au téléphone.

Silence à l'autre bout du fil.

— Comment ça va ? ai-je fini par demander, mais Alice ne semblait pas d'humeur à discuter de la pluie et du beau temps.

— Il faut que je te parle, a-t-elle annoncé de but en blanc. On peut se voir ?

— Si c'est au sujet de moi et de Jim, la réponse est non ! On travaille ensemble, point. Et on ne reste pas seuls une minute, donc si quelqu'un t'a raconté...

— Qu'est-ce que Jim vient faire là-dedans ? Ou bien essaierais-tu de me persuader qu'il ne s'est rien passé alors que...

— On n'est PAS ensemble !

— Bon, d'accord, a-t-elle soupiré. On se donne rendez-vous au lac à... Tu peux être prête dans une heure ?

— Oui, ai-je répondu d'un ton résigné avant de raccrocher.

Je ne savais pas pourquoi Alice tenait tellement à me voir mais une drôle d'intuition me soufflait que les ennuis n'étaient pas loin.

2 août (plus tard)

En me dirigeant vers le parc, je ne pouvais pas m'empêcher de ruminer. Alice avait un sacré culot. À la réflexion (et j'avais beaucoup réfléchi), je n'aurais jamais rompu avec Jim sans cette histoire avec Mia, qui ne serait jamais arrivée si Alice et Paul avaient résolu seuls leurs problèmes au lieu d'aller demander l'aide de Jim. Je n'arrivais même pas à me souvenir de la dernière fois où on s'était retrouvées toutes les deux. Ce n'était pas surprenant, Paul et elle restaient collés l'un à l'autre comme des siamois. Et puis elle préférait la compagnie de Clotilde à la mienne. Il fallait vraiment qu'elle ait grillé un fusible. C'est ma dernière théorie en date : Jim, Alice et le reste de la bande sont devenus dingues. Sinon, comment pourraient-ils fréquenter cette espèce de sorcière ?

Mais je m'éloigne du sujet. Il faisait très chaud, le soleil brillait haut dans le ciel et je me félicitais d'avoir mis de l'écran total. La chaleur était telle que j'avais opté pour une robe légère en coton ; impossible de porter du synthétique.

Je me suis arrêtée pour acheter une glace chez le vendeur installé près des grilles du parc, histoire de retarder le plus possible la confrontation, mais pas d'échappatoire : Alice était déjà là, elle m'attendait près du pont. Je me suis dirigée vers elle d'un pas désinvolte, comme si son appel ne m'avait pas effrayée le moins du monde.

— Salut, a-t-elle lancé, l'air ailleurs.

— Salut, ai-je répondu, la bouche pleine de chocolat.

On a marché un peu au bord du lac en échangeant des politesses au sujet du groupe et de la boîte d'infographie qui employait Alice. Avant, je parlais à bâtons rompus avec elle ; maintenant, on faisait des efforts surhumains pour alimenter une conversation pendant cinq minutes.

Je n'ai pas pu me contenir davantage.

— Qu'est-ce qui se passe, Alice ? On ne s'est pas adressé la parole depuis des mois, alors il y a sûrement quelque chose qui cloche pour que tu aies besoin de me voir du jour au lendemain.

— Trouvons un banc à l'ombre, a-t-elle répondu en faisant la moue.

Alice prétend qu'elle a du sang esquimau dans les veines. Elle est la personne la plus pâle que j'aie jamais vue, à l'exception peut-être des gothiques. Je lui ai indiqué un banc à l'abri d'un saule.

— Viens t'asseoir.

Je lui ai jeté un regard intrigué tandis qu'elle s'asseyait. Bien qu'il fît dans les quarante degrés, Alice portait un gros pull ample. Comme quoi j'avais tapé juste, avec ma théorie des fusibles.

— Tu n'as pas chaud, habillée comme ça ? ai-je demandé.

Une pause puis :

— Non...

Le silence m'a paru durer des siècles. J'ai secoué la tête, à bout de patience, et elle a fini par lâcher :

— Je suis enceinte.

— Quoi ?

Alors là, je ne m'attendais pas à ça.

— J'ai deux semaines de retard. D'habitude, je suis réglée comme une horloge.

— Oh.

Je ne trouvais rien à répondre.

— Et... vous êtes contents, Paul et toi ?

Elle m'a dévisagée d'un air furieux.

— J'ai l'air contente, là ? Je n'ai que vingt ans, je viens d'entrer dans la vie active, j'habite encore chez mes parents. Je peux donc affirmer avec certitude que je ne suis pas exactement folle de joie.

— Désolée, ai-je marmonné. Comment est-ce arrivé ?

— À ton avis ?

J'ai piqué un fard.

— Je sais comment c'est arrivé mais je croyais que vous vous protégiez.

— On a eu un accident de préservatif et je n'ai pas eu le temps d'acheter la pilule du lendemain, avec le boulot. Je croyais que tout rentrerait dans l'ordre.

Elle semblait si désespérée que, malgré le fossé qui s'était creusé entre nous, je l'ai prise par l'épaule.

— Ça va aller, Alice. Paul est fou de toi...

Elle s'est dégagée.

— Non, c'est la cata. Il refuse d'en discuter. Il fait

l'autruche. J'ai beau lui répéter qu'on doit prendre une décision au sujet de ce bébé, il change systématiquement de sujet.

— Peut-être que tu devrais demander à Jim de lui parler, ai-je suggéré, soudain mal à l'aise.

Rien que le fait de prononcer son nom me rendait nerveuse.

— Je n'ai pas envie d'aborder des problèmes de... fille avec Jim, a coupé Alice. En fait, j'ai pensé que toi, tu pourrais t'en charger.

— Moi ? Pourquoi moi ?

— Parce que tu es en terrain neutre. Et parce que Paul t'a toujours beaucoup appréciée.

Grande nouvelle ! Paul avait d'abord été l'ami de Jim puis le petit ami d'Alice, je n'avais jamais pensé à lui en d'autres termes.

— Eh bien, moi aussi, mais je ne l'ai pas croisé depuis des mois. Je ne saurais pas quoi lui dire.

— Tu n'as qu'à passer à l'appart sous un prétexte quelconque : prétends que tu dois voir Hugues, par exemple. Puis raconte-lui que tu es tombée sur moi par hasard, que tu t'inquiètes à mon sujet et que...

— Tu as déjà tout planifié, apparemment. Tu veux que j'aille expliquer à ton chéri que tu... Enfin, tu penses vraiment que si je lui parle, ça fera une différence ?

— Je ne sais pas. Tu crois que je t'aurais appelée si j'avais la solution ?

J'ai senti un frisson me parcourir le dos.

— Qu'est-ce que tu essaies de me faire comprendre ?

— Disons que tu n'as pas été d'un grand soutien jusqu'ici, Edie. Tu as traité Jim comme un moins que rien quand tu sortais avec lui, tu as fait l'impossible pour qu'il rompe avec Clotilde, tu te rendais pourtant compte qu'il était heureux avec elle, et maintenant tu me bats froid parce que j'ai l'audace de m'entendre avec la copine de ton ex.

J'ai eu l'impression qu'on venait de me jeter un seau d'eau froide à la figure. D'accord, elle me balançait des faits, le hic, c'est que c'était SA version. Je n'avais même pas la force de me disputer avec elle. Comment aurais-je pu lui expliquer les raisons de mon comportement stupide et irrationnel ? Comment lui raconter que Jim ne s'était pas fait prier pour sortir avec moi derrière le dos de tout le monde ?

— Pense ce que tu veux, ai-je répondu calmement. C'est de l'histoire ancienne et ça ne regarde que Jim et moi.

— Et maintenant, Edie, tu vas te mettre à pleurer ? a raillé Alice. C'est ce que tu fais, non, quand les choses se gâtent ?

— J'ai peut-être changé. Et toi aussi. Qu'est-ce qui t'a rendue aussi détestable ? Écoute, je regrette que tu aies été mêlée à ces histoires entre moi, Jim et Clotilde. Je regrette qu'on ne se parle plus. Je regrette ce qui t'arrive. Mais je ne suis pas malintentionnée. J'avais mes raisons pour agir ainsi.

Alice m'a regardée comme si elle me voyait pour la première fois.

— Tu as changé, c'est vrai. Tu avais du cœur, avant.

Je me suis levée.

— J'en ai assez entendu. Tu es dans le pétrin. J'en suis désolée, mais il va falloir que tu te débrouilles, ne compte pas sur moi pour résoudre tes problèmes à ta place.

Alice m'a retenue par le poignet.

— Pardon. Ton attitude m'attriste, voilà tout. Avant, tu étais innocente. Tu respirais la joie de vivre. Si je ne traîne plus avec toi, c'est parce que je ne te vois plus beaucoup sourire. On dirait que tu as dressé un mur entre toi et les autres.

Apparemment, Alice était encore capable de me percer à jour.

— Non, c'est faux, me récriai-je, avec l'énergie du désespoir. Je suis restée la même. J'ai tout raté avec Jim et il m'a fallu du temps pour m'en remettre. Mais je souris. Je souris, seulement tu n'es plus là pour t'en apercevoir.

J'aurais pu demander à Alice si elle avait fait un test de grossesse ou consulté un médecin. Mais une question me taraudait :

— Pourquoi tu n'as pas demandé l'aide de Clotilde ? C'est vrai, vous passez votre vie ensemble.

Alice a fait la grimace.

— Je n'ai pas envie d'aborder ce sujet avec toi, mais Clotilde a tendance à manquer de tact et elle ne s'entend pas très bien avec Paul.

— OK, j'irai lui parler mais je ne te promets rien.

Je ne savais pas pourquoi j'acceptais de suivre ce plan débile mais n'importe qui, en voyant Alice aussi triste et désarmée, en aurait fait autant.

3 août

Si hier, en allant retrouver Alice, j'avais pu éprouver une certaine appréhension, aujourd'hui, pendant le trajet jusqu'à l'appartement des garçons, c'était carrément la panique. Quelle idée ridicule ! Personne n'y gagnerait quoi que ce soit, ai-je pensé en sonnant à la porte. Alice supposait que Paul serait seul et Dieu merci, elle avait vu juste.

— Salut, Edie, Hugues est sorti, a-t-il dit en me trouvant sur le seuil. À moins que tu cherches Jim ? Tu n'es pas venue pour lui, rassure-moi ? a-t-il ajouté avec embarras.

J'ai réussi à esquisser un sourire.

— Non, c'est toi que je voulais voir. Je peux entrer une minute ? J'ai même apporté ma réserve de Coca light.

Paul a mis un bon moment à dénicher un verre puis il a débarrassé le canapé d'une des œuvres de Jim et, après avoir échangé quelques commentaires sur le temps, on a fini par s'asseoir et j'ai pu me lancer dans mon discours soigneusement préparé. Mais quand j'en suis arrivée au passage où j'étais tombée sur une Alice très déprimée, Paul a commencé à s'agiter, l'air perdu, et j'ai décidé de prendre le taureau par les cornes.

Je lui ai expliqué qu'Alice était folle d'inquiétude pendant que lui fuyait ses responsabilités. S'il l'aimait vraiment, il devait l'aider. Pour peu qu'elle décide de garder le bébé, il venait de lui démontrer qu'il ferait un bien mauvais père. Bref, j'y ai passé dix bonnes minutes mais, après que j'ai énoncé mes arguments, Paul ne savait plus où se mettre.

— Mais elle n'a même pas fait de test !

C'est tout ce qu'il a trouvé à dire, l'abruti.

— Eh bien, va lui en acheter un ! me suis-je écriée. Et tant que tu y es, apporte-lui des fleurs.

Il s'apprêtait à partir quand Jim est entré.

On devait avoir une mine coupable, avec Paul, parce qu'il a demandé d'un ton suspicieux :

— Qu'est-ce qui se passe ?

Paul m'a jeté un regard affolé avant de répondre :

— Edie est passée pour... euh... pour...

— Pour voir Clotilde ! ai-je glapi.

Mais où j'étais allée pêcher une excuse pareille ?

— Et qu'est-ce que tu lui veux ? a demandé Jim, de plus en plus méfiant.

J'ai cherché de l'aide auprès de Paul qui s'est contenté de hausser les épaules avec impuissance.

— Je voulais la voir parce que je... j'organise un barbecue !

Jamais il n'avalerait ça.

— Oui, un barbecue, et je me demandais si elle accepterait de venir !

Jim a froncé les sourcils et mon cœur s'est mis à battre plus vite.

— Tu aurais pu m'en parler demain au café.

Paul a décidé de me donner un coup de pouce avant de prendre la fuite.

— Tu connais Edie, quand elle a une idée en tête, elle fonce !

Jim était toujours debout au milieu de la pièce, les bras ballants.

— Mmmm, tu as toujours été impulsive. Ça me maintenait sur le qui-vive.

L'atmosphère était différente, tout à coup. Maintenant que Paul était parti, la pièce s'était réchauffée, et ça n'avait rien à voir avec la température. Jim m'a lancé un regard insistant et soudain, j'ai eu plus que jamais conscience de ma robe légère, de mes jambes nues et même de mes orteils qui dépassaient de mes tongs.

J'ai commencé à raconter n'importe quoi pour meubler le silence. Mais Jim ne semblait pas convaincu par mon histoire d'invitation.

— ... Oui, je suis tombée sur Alice que je n'avais pas vue depuis des siècles et on a pensé que ce serait sympa d'organiser un barbecue chez moi. Tu sais, mes parents ne sont pas là. Et puis on s'est dit que ce serait plus cool de se retrouver entre filles, histoire de faire plus ample connaissance avec Clotilde...

Jim a posé un doigt sur mes lèvres et j'ai fait un bond en arrière comme s'il m'avait brûlée.

— Pourquoi tu as fait ça ? ai-je demandé d'une voix tremblante.

— Tu allais finir par t'étouffer si tu ne reprenais pas ton souffle. Tu parles trop quand tu es nerveuse. Je te rends nerveuse ?

— Qu'est-ce que tu vas t'imaginer ?

Mon cœur battait à se rompre, même le voisin d'à côté aurait pu l'entendre.

— Il faut que j'y aille.

On ne s'était pas retrouvés seuls dans une pièce depuis l'ultimatum de Clotilde et je comprenais pourquoi, à présent. Je n'étais pas capable de tenir ma promesse, et lui non plus. Qu'est-ce qu'il lui prenait de flirter avec moi ? Ce genre d'attitude se soldait toujours par un baiser et ensuite, c'était moi qui devais en assumer les conséquences.

— Tu ne veux pas rester boire un verre ? a-t-il demandé d'un ton suppliant. Il fait trop chaud pour traîner dans les rues de Manchester.

— Euh... je ne...

— Allez, Edie. Il reste du Coca light et des glaçons dans le frigo. Et il y a même un ventilateur.

Bien entendu, je suis restée. Je me suis fait avoir, comme d'habitude.

On s'est assis sur le canapé et Jim a déplacé le ventilateur. L'air soulevait ses cheveux et j'ai dû me retenir pour ne pas les remettre en place. Je ne pouvais pas m'empêcher de lui lancer des regards à la dérobée : son tee-shirt moulait son torse frêle et il souriait à demi, de ce sourire particulier qu'il n'avait qu'avec moi.

On a discuté un bon moment. Comme si on ne s'était pas vus la veille. Même quand on parle de tout et de rien – la robe que j'ai l'intention d'acheter ou les autres vendeurs de Rhythm Records –, la conversation signifie bien plus que ce que les mots laissent entendre.

— Tu n'as pas l'air en forme, Edie, je me trompe ? a soudain demandé Jim. Je sais qu'il y a un problème.

Des problèmes, j'en avais plein : j'angoissais au sujet de mes résultats d'examens, je ne savais pas quoi faire de mon avenir, je me demandais si je devais coucher avec Hugues mais ce qui me tracassait le plus à ce moment-là, c'était la discussion que j'avais eue avec Alice la veille.

— C'est à propos de ce que m'a dit Alice hier. Tu trouves que j'ai changé ? Tu trouves que je joue un rôle ?

J'étais recroquevillée dans un coin du canapé tandis que Jim occupait les deux tiers restants. Il s'est rapproché de moi et a planté ses yeux dans les miens.

— Tout le monde change.

— Elle a dit que je ne souriais plus et que j'avais

perdu ma joie de vivre. Elle doit me prendre pour une garce insensible.

Jim a écarté une mèche de mes cheveux et, en bonne fille, je me suis reculée. Il a continué à me caresser la joue comme si de rien n'était.

— Si tu as changé, c'est parce qu'on t'a fait du mal. JE t'ai fait du mal et ensuite c'est toi qui as payé pour mes bêtises. On n'a jamais abordé le sujet, pas vrai ?

J'ai essayé de repousser sa main mais avant que j'aie pu lui échapper, il a emprisonné mes doigts dans les siens.

— Qu'est-ce que ça changerait, Jim ? ai-je soupiré. Tu étais avec Clotilde, tu es toujours avec elle. J'avais conscience que ce qu'on faisait n'était pas bien, mais je n'ai pas essayé d'y mettre un terme.

— Moi non plus, m'a-t-il rappelé d'une voix douce. Je savais que Hugues et Clotilde t'avaient tout mis sur le dos mais j'ai laissé couler. Tu te rappelles la fois où je suis venu te voir au café avec Clotilde ? Elle s'est acharnée contre toi et je suis resté là, les bras ballants. Ce que j'ai pu me détester après !

J'ai tenté de protester faiblement mais, pour être franche, le cœur n'y était pas :

— Je ne te lâchais pas d'une semelle.

— Mais j'aurais pu te repousser et je ne l'ai pas fait, a poursuivi Jim en me serrant un peu plus fort la main. Puis, quand Hugues a commencé à te tourner autour, la seule pensée qu'il puisse te toucher m'a mis hors de moi.

— Mais on parle du passé, non ? Tu sors avec Clotilde et moi avec Hugues. Enfin, plus ou moins. C'est drôle comme les choses évoluent, tu ne trouves pas ?

— Écoute, je veux que tu saches que je suis désolé de m'être si mal conduit avec toi, a déclaré Jim, mais soudain, on a entendu une clé tourner dans la serrure puis la voix de Hugues en pleine communication sur son téléphone portable. On a échangé un regard horrifié.

— Il va me tuer s'il me trouve ici avec toi !

Avant que j'aie pu ajouter un mot, Jim m'a fait lever puis m'a poussée dans l'angle entre le canapé et le mur.

— Reste là et surtout, pas un bruit, a-t-il ordonné avec calme.

Je me suis recroquevillée tant bien que mal en ramenant mes genoux contre ma poitrine. J'ai entendu Hugues entrer dans le salon.

— Oh, c'est toi, a-t-il lancé à Jim. J'avais cru entendre des voix.

— Je ne m'attendais pas à ce que tu reviennes aussi vite, a répondu Jim d'un ton désinvolte.

— J'ai oublié ma carte de crédit. Je vais voir la jolie Edie. Ça ne te dérange pas, au moins ?

— Ce ne sont pas mes affaires, mon pote.

— Je crois que je lui manque, a poursuivi Hugues d'une voix suave. Et quand je lui manque, elle s'accroche. C'est mignon, non ?

Drôle de situation. Apparemment, Hugues essayait de provoquer Jim. Je n'arriverais jamais à comprendre ses façons de faire, même si je devais vivre cent ans.

— Si elle appelle, dis-lui que je serai là dans une heure et que j'ai hâte de l'embrasser.

Jim a eu un mot très impoli et j'ai entendu Hugues ricaner en quittant la pièce. J'ai attendu qu'il claque la porte et que Jim vienne me chercher.

— C'est bon, il est parti.

J'ai réussi à m'extirper de ma cachette (plus facile d'y entrer que d'en sortir) et j'ai fait quelques mouvements d'étirement : mes mollets me faisaient souffrir.

— J'ai des crampes, ai-je grommelé en m'affalant sur un des fauteuils.

Jim s'est agenouillé devant moi tandis que je massais mes jambes endolories. Il a pris mon pied et s'est mis à caresser doucement mes muscles noués.

— Qu'est-ce que tu fabriques ?

— Chut, j'essaie juste de te soulager.

Le contact de ses doigts sur ma peau, c'était divin. Et après avoir dénoué mes muscles un à un, il a continué à me caresser la jambe. J'avais du mal à respirer. J'ai dévisagé Jim, un peu troublée, et, sans me quitter des yeux, comme s'il me mettait au défi de l'en empêcher, il s'est penché pour embrasser mon genou. Je savais que je n'avais qu'à me pencher à mon tour et on se retrouverait tous les deux par terre, nos bouches collées l'une à l'autre. Et la lueur dans son regard devait signifier qu'il le savait aussi. Pendant quelques secondes, je n'ai pas bougé, puis je me suis penchée mais pour le repousser afin de pouvoir me lever.

— Je m'en vais. On ne devrait pas rester seuls toi et moi.

Jim s'est laissé tomber sur le sol avec un grognement.

— Je ne peux pas te regarder sans que ça me donne des idées.

— Quel genre d'idées ? ai-je demandé malgré moi.

— Je te ferais rougir jusqu'aux oreilles si je te racontais.

11 août

Paul ne sait pas tenir sa langue : il a mis Clotilde au courant, pour le barbecue, et maintenant, je suis obligée d'en organiser un. Cela dit, je suis soulagée qu'on passe la journée entre filles, j'ai accumulé suffisamment de stress comme ça avec les garçons.

Seule retombée positive de dimanche dernier, Alice et moi sommes de nouveau amies. Elle m'a appelée aujourd'hui pour me raconter que Paul est prêt à faire n'importe quoi pour se rattraper. Et elle s'est même excusée pour les horreurs qu'elle m'a balancées à la figure.

— Mes hormones, je suppose, a-t-elle ironisé.

— Ne parle pas de malheur ! Il est encore beaucoup trop tôt pour utiliser ce genre de prétexte. Tu as pris une décision pour la suite ?

— Eh bien, j'ai fait le test mais je n'ai pas réussi à déterminer s'il était positif ou non. Je ne suis pas prête à avoir un bébé, j'ai déjà du mal à me prendre en charge.

— Le sexe, ça complique tout, ai-je répondu d'un ton sentencieux.

Alice a laissé échapper un ricanement surpris, ce qui n'est jamais très agréable à entendre.

— Tu l'as fait ? Avec Hugues ? Oh non, ce n'était pas avec Jim, si ?

— Je ne l'ai fait avec personne, ai-je répliqué avec indignation. Mais j'y pense.

Hugues était venu me voir la veille au soir : il avait passé deux heures à m'embrasser ou à pester quand je le rappelais à l'ordre dès que sa main s'égarait.

Alice a préféré changer de sujet.

— Alors, qui as-tu invité à ce barbecue entre filles ?

— Atsuko, Deborah et Pénélope, les nanas de mon groupe...

— Je les ai déjà rencontrées. On peut s'attendre à un petit concert ?

— Mmmm, Pénélope envisage de jouer quelques morceaux en acoustique. On verra... Si elle vient, elle amène sa petite sœur Grace, celle qui ne dit jamais rien. J'ai invité Nicolas parce que c'est une fille à titre honorifique. Et puis tu as invité Clotilde de ma part, non ?

— Oui, mais je ne suis pas sûre qu'elle viendra, a répondu Alice après une hésitation. Elle ne t'aime pas beaucoup.

— C'est réciproque. Cependant, si je peux gagner des points auprès de son frère... ai-je expliqué avant de raccrocher.

Mais non, ma vie n'est pas compliquée...

15 août

J'ai prévu dix fois trop de nourriture. Anna m'a permis de dévaliser le frigo hier au boulot et personne n'est venu les mains vides. La table de la cuisine croule sous les quiches, les salades, les chips et les saucisses cocktail (mon péché mignon). Mais il faisait si chaud que je n'avais aucun appétit et Alice prétendait que l'odeur de la viande lui donnait la nausée.

J'essayais d'allumer le barbecue quand Pénélope est arrivée avec Atsuko, Deborah et Grace. Je leur ai fait signe avant de me replonger dans le mode d'emploi de l'allume-feu que le voisin m'avait prêté. Autant dire que pour moi, c'était du chinois. On a sonné à la porte et, comme les autres projetaient de faire une razzia dans ma réserve personnelle de glaces, je me suis dépêchée d'aller ouvrir. Clotilde se tenait sur le seuil, elle n'avait pas l'air ravie de me voir, et c'était réciproque.

— Salut, a-t-elle lancé avec indifférence en rejetant en arrière une mèche d'un roux incandescent.

Cette fille se fait des teintures, ça crève les yeux. Mais qui accepterait de son plein gré de se teindre les cheveux de cette couleur ?

— C'est bien que tu sois venue, ai-je récité, dans ma meilleure imitation de la parfaite maîtresse de maison.

La Mère Supérieure aurait été très fière de moi.

— Tu dois crever de chaud, je t'offre un rafraîchissement ?

Clotilde m'a emboîté le pas en m'observant, l'air de dire : « À quoi tu joues ? »

— Où est Alice ? a-t-elle demandé sans cérémonie.

J'ai indiqué le jardin.

— Elle doit être là-bas.

— Tu as un truc collé sur ta robe, a-t-elle remarqué avec un sourire narquois, avant de s'éloigner.

En baissant les yeux, je me suis aperçue que j'avais fait tomber de la salade de chou sur ma nouvelle robe et j'ai couru me changer avec un gros soupir. J'étais en train d'enfiler ma minijupe en jean en essayant de dénicher un haut lorsque la sonnette d'entrée a de nouveau retenti.

Comme je tentais de boutonner mes fringues en même temps, j'ai failli faire un vol plané dans l'escalier.

J'ai ouvert la porte tout en me débattant avec la fermeture de mon haut. De toute façon, ça ne pouvait être que Nicolas qui m'avait vue en petite tenue quand il était venu passer la nuit chez moi.

Eh non, ce n'était pas Nicolas mais Paul, Jim, Simon et Hugues, ainsi que deux types de Rhythm Records, les yeux braqués sur ma poitrine, qui trimbalaient des sacs chargés de bouteilles d'alcool. Tant bien que mal, j'ai retenu mon haut des deux mains.

— Tu as besoin d'aide ? s'est enquis Simon avec un sourire carnassier.

Je les ai considérés bouche bée tandis qu'ils m'écartaient pour passer puis j'ai réussi à articuler :

— Vous n'êtes pas invités.

— Ne t'inquiète pas, a répondu Hugues en se penchant pour m'embrasser sur la joue. On est les pique-assiette officiels de ta fête.

— Mais je n'ai pas prévu assez de nourriture, me suis-je lamentée en les suivant dans la cuisine.

— Arrête, Edie, il y en a assez pour nourrir une armée entière, s'est esclaffé Paul en apercevant le buffet.

— J'ai aussi de quoi faire un barbecue, ai-je avoué. Mais je n'arrive pas à l'allumer. Si vous voulez rester, vous allez devoir recourir aux bonnes vieilles méthodes des cavernes.

On avait à peine mis un pied dans le jardin que Clotilde s'est levée de sa chaise longue pour se jeter dans les bras de Jim qui ne m'avait pas accordé un regard depuis son arrivée. Alice avait l'air de connaître les nouveaux venus ; Pénélope connaissait Will et Robin, vu qu'ils déjeunaient au café chaque midi. Quant à Deborah et Atsuko, elles semblaient soudain de bien meilleure humeur. Tant pis pour la réunion entre filles, me suis-je dit. Tout ce petit monde a fait les présentations, hormis Grace qui, comme à son habitude, rasait les murs.

— Tu veux bien m'aider à allumer le barbecue ? lui ai-je demandé en lui prenant le bras.

Elle a accepté.

L'allume-feu ne voulait pas fonctionner. Bouche bée, Grace m'a regardée gratter allumette après allumette en jurant.

— Ajoute une giclée d'essence à briquet, a suggéré Hugues qui venait de surgir derrière moi.

Il m'a planté un baiser dans le cou. Pas de doute, il s'améliorait en public.

— Pas question, ai-je répliqué tandis qu'il me prenait les allumettes des mains.

Il a allumé le charbon du premier coup.

Je n'ai pas pu m'empêcher d'applaudir.

— Très impressionnant. Il faut croire que tu as des talents cachés.

Hugues m'a lancé un regard de défi.

— Et tu n'as encore rien vu.

— On n'est pas en train de parler de barbecues, là, non ?

Grace s'est éclipsée sur-le-champ.

— Non, a répondu Hugues avant de m'attirer à lui pour m'embrasser.

C'est toujours le même refrain avec lui. Dès qu'il sent que j'en ai marre, il se montre si tendre et si affectueux que je recommence à fondre comme la dernière des nouilles.

— Dis-moi, tu veux aussi que je m'occupe de faire cuire la viande façon homme des cavernes ? a-t-il demandé. Ça m'évitera de focaliser sur ta poitrine : tu n'as toujours pas fini de boutonner ton haut.

Bien que mon projet d'éloigner les garçons soit tombé à l'eau, ce barbecue a été une réussite. Après l'arrivée de Nicolas, à la fin du repas – repas vite expédié : on s'est tous brûlé les doigts en essayant de manger un bout de viande –, on a improvisé une partie de foot filles contre garçons. On les a battus à plate couture, cinq à deux, puis on s'est allongés dans l'herbe. Pénélope a ordonné à Grace (qui n'avait pas voulu jouer) de nous préparer des cocktails. Je me suis retrouvée assise à côté de Clotilde. J'étais sûre qu'elle n'accepterait jamais de participer à un jeu aussi nul qu'une partie de foot à six contre six, mais, à ma vive surprise, elle a été la femme du match en marquant trois buts pour notre camp.

— Tu as été super, lui ai-je déclaré. Je n'en reviens pas que tu aies réussi à tacler Will !

— Je suis assez balèze pour ce qui est d'éliminer mes adversaires, mais tu es bien placée pour le savoir, pas vrai ? a-t-elle répondu avec un grand sourire.

Je n'en croyais pas mes oreilles : cette fille était en train de boire MON vin dans MON jardin. Elle en avait, du culot, pour me sortir un truc pareil ! Elle ne faisait pas référence au football, oh que non ! Elle me parlait de moi et de Jim, et elle s'arrangeait pour aborder le sujet quand il n'y avait personne pour l'entendre, histoire de préserver sa réputation de gentille fifille. J'ai commencé à compter jusqu'à dix pour ne pas lui hurler des horreurs à la figure mais je n'ai pas eu le temps d'aller jusqu'au bout : Pénélope est venue me chercher, ma guitare acoustique sous le bras.

— Il fait trop chaud, me suis-je lamentée avant même qu'elle ait pu ouvrir la bouche. Je ne peux pas jouer, je transpire des doigts.

— Il n'y a pas d'excuse qui tienne, a-t-elle rétorqué en ignorant ma mine de chien battu. Ils meurent d'envie de nous entendre.

— Ça m'étonnerait, ai-je objecté.

Mais Alice, qui était assise à côté, m'a adressé un sourire mauvais avant de susurrer :

— J'ai patienté l'après-midi entier, tu vas bien nous jouer un morceau ?

Pénélope m'a fait lever malgré mes protestations et m'a mis la guitare dans les mains.

— Tu joues, je chante. Deborah et Atsuko improviseront.

Accompagnées de Deborah au tambourin et d'Atsuko aux harmonies, on a joué deux de nos chansons qui sonnaient bizarre, il faut bien l'admettre, sans les hurlements habituels, avant de se lancer dans une interprétation perso de *Cornflake Girl* de Tori Amos.

À la fin de la chanson, j'ai croisé le regard de Jim ; il y avait une telle tristesse dans ses yeux que j'en ai eu le souffle coupé. Il a fallu les réclamations de Simon et un coup de coude de Pénélope dans les côtes pour que je me réveille.

— Je ne connais que quelques airs, ai-je protesté comme Will et Robin insistaient pour qu'on interprète une chanson des Strokes. Je peux jouer du bon vieux rock à la papa si ça vous dit, guère plus.

Un vieux soixante-huitard qui serait arrivé dans le jardin à ce moment-là aurait applaudi au spectacle de ces jeunes gens qui savaient encore s'amuser : on a bien passé une demi-heure à chanter en chœur les tubes des Beatles en massacrant la moitié des paroles.

Quand mes doigts ont commencé à me faire mal, la nuit tombait. Il faisait encore une chaleur étouffante, alors j'ai allumé des petites lanternes chinoises pour éloigner les moucherons ainsi qu'une guirlande électrique que j'avais suspendue au treillage avant l'arrivée de mes invités. Le jardin ressemblait à une grotte féerique. Je me suis allongée dans l'herbe, heureuse, et j'ai écouté d'une oreille les conversations autour de moi. Quel plaisir de se détendre en laissant les rancœurs de côté ! Même Jim et Hugues échangeaient des commentaires polis à propos du mouvement surréaliste. Ah, les artistes !

Je n'étais pas la seule à être transportée par cet esprit de communauté. Soudain, Simon s'est exclamé :

— Et si on allait à un festival avant la fin de l'été ?

J'ai levé les yeux au ciel. Plutôt mourir que dormir sous une tente sans ma couette fétiche ! Mais personne ne semblait partager mon opinion. Des cris d'enthousiasme ont fusé de partout. J'aurais pu manifester mon désaccord mais, connaissant le manque d'initiative de mes invités, je me suis dit que ce genre de sorties en groupe n'était pas près de voir le jour. Je n'ai pas pu m'empêcher de ricaner quand Will a déclaré qu'un commercial d'une maison de disques lui avait proposé des billets pas chers pour un festival dans le Devon. J'ai commencé à m'inquiéter lorsque Pénélope a ajouté qu'Anna nous laisserait sans doute emprunter le van du café. Cette affaire commençait à prendre tournure. J'allais évoquer les dangers de la cohabitation avec des hippies écolos quand Atsuko est venue s'asseoir à côté de moi.

— Je peux te confier un secret ? a-t-elle gloussé.

— Vas-y !

— Je trouve Simon très mignon. Il vient de me proposer d'aller à un concert avec lui demain soir.

— C'est super, Simon est un garcon adorable.

— Elle en sait quelque chose, elle est sortie avec lui, a ajouté Clotilde derrière moi.

Je lui ai jeté un regard assassin.

— Qui t'a dit ça ?

— Hugues, a-t-elle répondu sans ciller. Je n'ai pas vendu la mèche, si ?

Hugues allait passer un mauvais quart d'heure. Dans un moment de faiblesse, j'avais avoué avoir embrassé

Simon. Je ne lui avais fait cette confidence que parce qu'on partageait une certaine intimité ce jour-là et qu'il me paraissait naturel d'être sincère l'un envers l'autre. Grossière erreur.

Je me suis levée. Alice s'est approchée en entendant le ton monter.

— Ça n'a duré qu'un soir, ai-je expliqué à Atsuko qui me dévisageait d'un air triste. On avait trop bu...

Mais Clotilde n'en avait pas fini avec moi. Elle s'est tournée vers Alice :

— En fait, le seul qu'elle n'ait pas allumé, c'est Paul. Je garderais un œil sur lui, à ta place.

— Ce n'est pas drôle, Clotilde, a répliqué Alice.

Je me suis remise à compter jusqu'à dix. Peine perdue. J'allais arracher les yeux de cette peste si je restais une minute de plus dans le jardin. Elle était là, devant moi, un sourire satisfait aux lèvres. Excédée, j'ai esquissé un pas vers elle. Atsuko m'a retenue par le bras et entraînée vers la cuisine. L'éclairage au néon m'a fait cligner des yeux. Atsuko m'a poussée vers l'évier et m'a conseillé de m'asperger le visage d'eau froide.

— On ne s'est embrassés qu'une fois, ai-je répété. Je n'étais pas dans mon assiette, je voulais rendre Jim jaloux. C'était stupide. On n'en a jamais reparlé...

Atsuko a levé la main.

— C'est bon, calme-toi, a-t-elle déclaré avec douceur. J'ai été prise de court, mais maintenant, ça va.

— Sûre ?

— Tu sais, je ne suis pas si naïve, a-t-elle répondu en souriant. J'imagine que Simon a de l'expérience en la matière, il a dû sortir avec beaucoup de filles. J'ignorais que tu étais l'une d'elles, voilà tout.

— Je ne suis pas sortie avec lui, ai-je protesté. C'était juste un baiser.

— J'ai compris. S'il te plaît, ne te mets pas dans tous tes états. Va remettre du mascara, il a coulé. De mon côté, je vais aller demander à Simon si tu embrasses bien. Je plaisante !

— Oh, ah, ah, ai-je répliqué avec aigreur, mais j'ai suivi son conseil et je suis montée dans ma chambre en traînant les pieds.

Au lieu de me remaquiller, je me suis assise sur mon lit, la tête dans les mains.

— Quelquefois je voudrais disparaître et ne plus jamais revenir.

J'avais dû prononcer cette phrase à voix haute car j'ai entendu quelqu'un répondre :

— Je ne sais pas ce que je ferais si tu disparaissais.

C'était Jim.

— Tu t'en sortirais très bien.

J'ai levé les yeux et à l'instant où nos regards se sont croisés, c'était comme si j'étais à nouveau dans son salon. La tension était la même, rien ne nous empêchait de nous embrasser excepté notre capacité de résistance. Qui n'était pas d'une grande utilité en l'occurrence.

J'ai tendu les bras et Jim s'est presque jeté sur moi. On s'est allongés sur mon lit, son corps plaqué contre le mien, ses lèvres sur les miennes. Mes nerfs avaient été tellement éprouvés jusqu'ici que quand il m'a embrassé dans le cou, j'ai poussé un gémissement : d'accord, on ne devait pas mais c'était si bon ! J'ai essayé de le retenir contre moi tandis qu'il se relevait, mais c'était seulement pour enlever son tee-shirt. Une fois torse nu, il s'est à nouveau blotti dans mes bras. Sans cesser de m'embrasser, il a défait un par un les boutons de mon haut. J'avais les jambes enroulées autour de lui et la jupe retroussée.

Je n'étais plus capable de réfléchir mais je n'ai pas pu m'empêcher d'entrevoir l'ironie de la situation. Hugues me harcelait depuis des semaines et, chaque fois, je revenais avec les mêmes excuses, pas le bon moment, pas le bon endroit. Maintenant avec Jim, la porte était grande ouverte, n'importe qui aurait pu nous surprendre, mais je m'en fichais complètement. Je ne songeais qu'à ses baisers, qu'aux battements frénétiques de son cœur contre ma poitrine, qu'au contact brûlant de ses doigts sur ma peau.

— Demande-moi d'arrêter, a-t-il grogné sans faire mine de se lever.

— Je n'en ai pas envie, ai-je murmuré.

Et, de nouveau, il m'a embrassée à pleine bouche en m'enlaçant la taille. Plus rien ne nous retenait...

— Edie ? Heu, Edie...

Encore elle, encore cette petite voix exaspérante, ce devait être ma conscience qui me tourmentait.

— Edie !

Jim s'est redressé.

— Qu'est-ce que c'est ?

J'avais donc si mauvaise conscience pour qu'il l'entende aussi ? J'ai essayé de l'embrasser encore... Hélas, le charme était rompu. Surtout quand j'ai aperçu Grace sur le seuil. Elle semblait au bord des larmes et continuait à m'appeler d'une petite voix.

D'un seul mouvement, j'ai repoussé Jim et je me suis levée du lit.

— Tu es là depuis combien de temps ? ai-je hurlé en croisant les bras sur ma poitrine pour empêcher mon haut de tomber.

— Je t'ai appelée mais tu... ne m'as pas entendue, a-t-elle répondu dans un souffle.

— Pardon d'avoir crié.

En essayant de reprendre mes esprits, je ne cessais de me dire : « Mon Dieu, elle parle ! » Jim a remis son tee-shirt avant de s'avancer vers Grace qui nous observait tour à tour avec des yeux ronds.

— Tu n'as rien vu, a-t-il déclaré d'une voix tranchante. Edie et moi, on s'est... laissé emporter, voilà tout.

Ben voyons.

— Ils s'en vont, a répondu Grace. Ils se demandaient où vous étiez passés.

Elle nous a lancé un autre regard incrédule avant de partir en courant.

— Tu ferais mieux de retourner là-bas.

Je me suis reculée en essayant de mettre le plus d'espace possible entre nous deux.

— Tu n'as qu'à leur expliquer que j'ai été malade. À cause de la chaleur...

— C'est tout ce qui t'intéresse ? Sauver les apparences ? Tu ne crois pas qu'on devrait en discuter ?

— En discuter ? Mais c'était idiot, ce qu'on vient de faire ! me suis-je emportée.

Non, « idiot » n'était pas le mot qui convenait. Merveilleux, magique, enivrant, plutôt. Mais il ne fallait pas qu'on recommence. Je suis sortie de la pièce sans me retourner.

Manifestement, tout le monde se demandait où on avait disparu. J'ai inventé un prétexte débile à propos de la chaleur et d'une indigestion de saucisses cocktail, et quand Jim est descendu à son tour, il est parti sur-le-champ avec Clotilde. Les autres n'ont pas tardé non plus. Alice et Paul sont restés un peu pour m'aider à ranger. En prenant congé, Alice était de nouveau bizarre avec moi. Pas étonnant.

Je suis allée m'échouer sur une chaise longue dans le jardin. Je me sentais minable. Je ne valais rien, je n'étais pas digne de confiance, surtout avec les amoureux des autres. Mais Jim était bien plus que le chéri d'une autre. Malgré nos efforts pour respecter les distances, une force inexplicable nous poussait l'un vers l'autre. Comme des aimants.

— C'était sympa, non ?

J'ai sursauté. Hugues.

— Je te croyais parti.

— Non, je suis encore là. Je t'ai préparé une tasse de thé. Il paraît que tu as été malade.

Je me suis poussée pour lui faire une place à côté de moi et j'ai pris la tasse qu'il me tendait. Il faisait sombre mais je sentais le poids de son regard. Et je savais qu'il était au courant pour Jim et moi. Hugues n'était pas un ange, mais il ne méritait pas d'être traité de la sorte.

— À quoi tu penses ?

— Je me demande comment tu fais pour me supporter.

Il a écarté une mèche de mon visage.

— Je dois penser que tu en vaux la peine.

C'était bien joli de me torturer l'esprit à propos de Jim mais cette histoire-là ne pouvait se solder que par un échec. Tandis que Hugues, lui, était ici, à mes côtés, maintenant. Il restait avec moi, malgré le mal que je lui faisais.

— Hugues ?

— Qu'est-ce qu'il y a, ma belle ? a-t-il susurré en me prenant dans ses bras.

— J'ai réfléchi.

J'ai inspiré à fond.

— Je me sens prête. Pas ce soir, mais très bientôt. Promis.

21 août

Un jour, j'ai lu une interview de Madonna dans laquelle elle expliquait que si vous désiriez quelque chose de toutes vos forces, tout se mettait en marche pour que vous l'obteniez. T'as raison ! Je préfère encore être enfermée dans une cellule avec Clotilde qu'aller à ce fichu festival mais je suis coincée. Je n'ai aucune envie de dormir sous une tente, d'utiliser des douches communes ou de manger des burgers végétariens bourrés de salmonelle. Sans parler des toilettes. Mais chaque fois que j'y fais allusion, les filles me traitent de princesse. Et dans leur bouche, ce n'est pas un compliment.

Même Hugues, célèbre pour ses costumes impeccables et sa mèche soigneusement entretenue, paraît enchanté de passer des vacances à la dure.

Je me suis consolée à l'idée qu'Anna n'accepterait jamais d'accorder le même week-end à Jim, à Pénélope et à moi. Raté ! Elle a décidé de fermer le café à l'occasion du jour férié et, pire encore, elle nous prête son van. Le fameux van dont les portes arrière s'ouvrent à l'improviste si vous avez le malheur de prendre un virage un peu trop serré.

Les parents sont mon dernier espoir. Ils m'appellent une fois par semaine pour demander des nouvelles du chat, des plantes et de ma petite personne. Oui, dans cet ordre-là. Et je suis certaine qu'ils m'interdiront formellement de laisser la maison vide pendant quatre jours.

Mais je ne les aurai pas au téléphone avant demain. Soit LE JOUR DE MES RÉSULTATS ! Oh ! là là, je vais être malade, je le sens ! J'avais presque réussi à chasser les exams de mon esprit mais je me berçais de douces illusions.

J'ai beaucoup révisé... enfin, quand je n'étais pas en train de déprimer sévère à cause des garçons. Et puis j'ai raté la grammaire française. Je suis fichue de chez fichue.

22 août

Même si ma mère se trouve sur un autre continent, elle continue à me taper sur les nerfs ! J'avais décidé d'attendre que mes résultats me parviennent par la poste mais non, il a fallu qu'elle laisse des instructions à Anna avant de partir. Quand je suis arrivée au boulot ce matin, j'ai trouvé Anna plantée sur le seuil, les clés du van à la main.

— Salut, Anna, ai-je lancé joyeusement. Je mets la bouilloire en marche ?

— Bien tenté, a-t-elle répondu. Dans le van, et que ça saute ! Je t'emmène voir tes résultats.

J'ai protesté en pleurnichant : j'avais prévu de me rendre au lycée pendant ma pause. Implacable, Anna m'a prise par le bras avec une poigne étonnante pour une femme aussi minuscule puis elle m'a presque portée jusqu'au siège avant.

On n'a pas beaucoup bavardé au cours du trajet. Anna m'a demandé si j'étais nerveuse et j'ai secoué la tête mais quand le van est passé sur un ralentisseur, j'ai cru que j'allais vomir. Anna prenait son rôle de mère de substitution bien trop au sérieux, à mon goût. Elle m'a traînée à l'intérieur du lycée jusqu'au panneau sur lequel étaient affichés les résultats.

Je suis restée plantée là, à fixer un point au-dessus de sa tête.

— Tu veux que je... ?

— Non, je préfère que ce soit moi.

J'ai tenté de chercher mon nom mais ma vue se brouillait. J'ai suivi du doigt la liste jusqu'au W et là, j'ai lu : « Wheeler, Edith. » J'ai fermé les yeux. Voilà, on y était : ma dernière minute d'ignorance et d'irresponsabilité. Après, soit j'allais postuler au McDo, soit je consacrais trois années supplémentaires de ma vie aux études. Quand j'ai entendu Anna glousser d'impatience derrière mon dos, j'ai ouvert les yeux et je me suis forcée à regarder.

— Alors, tu as eu combien ? a-t-elle demandé d'une voix qui trahissait l'exaspération.

— A en histoire, A en français, B en psycho et A en anglais, ai-je réussi à répondre avant d'éclater en sanglots.

J'étais vraiment parvenue à me convaincre que ces résultats ne m'inquiétaient pas le moins du monde. J'avais joué les désinvoltes pendant des semaines alors qu'au fond j'étais morte de trouille. Je me suis sentie à la fois triste et soulagée. J'étais adulte maintenant, j'allais devoir prendre de grandes décisions qui changeraient irrémédiablement le cours de ma vie. Pas étonnant que je me mette à pleurer comme un bébé. Anna m'a serrée dans ses bras puis Atsuko et Deborah sont arrivées : Atsuko avait eu A dans toutes les matières et Deborah ne s'en était pas trop mal sortie, contrairement à ses prévisions.

On s'apprêtait à partir quand le proviseur s'est dirigé vers moi. Ces deux dernières années, il avait dû me prendre pour la reine des abruties parce qu'il n'arrêtait pas de répéter que tout le monde, dans l'établissement, était très étonné et impressionné par mes résultats. Puis il m'a demandé à quelle fac je projetais de m'inscrire. J'ai répondu que j'avais l'intention de m'accorder une année sabbatique et que je ne voulais pas prendre de décisions importantes pour mon avenir tant que mes parents étaient absents. Et lorsqu'il m'a assuré que j'avais même mes chances avec les universités de Cambridge et d'Oxford, je me suis tournée vers Anna :

— On peut y aller, maintenant ?

Eh bien, on dirait que je n'en ai pas fini avec les bouquins !

De retour au café, j'ai eu les parents au téléphone – ils avaient passé la nuit à attendre mon appel – et franchement, si j'avais voulu un éléphant, ils auraient accepté de construire une niche géante dans le jardin. Une fois que ma mère a eu fini de s'extasier, mon père a pris le combiné pour déclarer : « C'est bien, Edie, vraiment » (sa façon à lui de manifester sa fierté). Après, il ne restait pas beaucoup de temps pour aborder d'autres sujets. J'aurais voulu leur dire que j'étais inquiète et un peu perdue, que j'avais hâte qu'ils rentrent à la maison et, au fait, est-ce que c'était une bonne idée de coucher avec Hugues ? Ma mère a insisté pour que j'aille au festival, tant que les voisins étaient d'accord pour nourrir le chat, et elle m'a harcelée pendant cinq minutes au sujet de mon année sabbatique, et qu'est-ce que tu vas faire, blablabla. Apparemment, elle n'était pas d'accord pour que je déprime à longueur de journée devant la télé, c'était pourtant mon principal projet dans l'immédiat.

Après que j'ai eu raccroché, Anna m'a fait fermer les yeux. Quand je les ai rouverts, Tony l'Italien avait apporté un gâteau en forme de guitare sur lequel était écrit « Félicitations ».

— On aurait eu l'air fin si tu avais échoué, a-t-il plaisanté avant de porter un toast, bientôt imité par Anna et les clients du café.

La honte ! Mais comme je ne voulais pas passer pour une sale ingrate, j'ai souri jusqu'à en avoir des crampes à la mâchoire et j'ai fait semblant d'être super-contente. Attention, pas de méprise : j'étais très touchée que Tony et Anna se soient donné autant de mal mais j'aurais quand même préféré que personne ne me parle de mon avenir et de ces fichus résultats.

Jim s'est fait porter malade au moins trois fois cette semaine et je lui en suis reconnaissante pour l'éternité. Selon un pacte tacite, on s'ignore scrupuleusement depuis le barbecue. Quant à Pénélope, elle est arrivée à l'heure du déjeuner en m'ignorant tout aussi scrupuleusement. Chaque fois que je lui ai souri ou que j'ai croisé son regard pendant le service, elle a détourné les yeux. Qu'est-ce qui lui prend ? À la minute où Anna a fermé le café, elle s'est ruée vers la porte. J'ai embrassé Anna pour la remercier d'avoir joué les mères de substitution puis j'ai couru après Pénélope.

— Pénélope ! Attends !

Elle ne s'est pas arrêtée.

J'ai fini par la rattraper au coin de la rue.

— Tu ne m'as pas entendue appeler ?

— Non, a-t-elle répondu, l'air nerveux.

— Qu'est-ce qu'il y a ? ai-je demandé en l'obligeant à me regarder dans les yeux. Tu étais bizarre aujourd'hui. Est-ce que j'ai fait quelque chose de mal ?

Pénélope a passé la main dans ses cheveux blonds ébouriffés.

— J'ai passé la journée à réfléchir à ce que j'allais te dire mais tout ce que j'ai trouvé sonnait faux.

— De quoi tu parles ?

Pénélope m'a prise par la main et m'a fait asseoir sur le muret d'un jardin puis elle s'est assise à son tour.

— Hugues m'a fait du gringue hier soir.

— Quoi ?

Je ne m'attendais pas à ça. Le choc !

— Je suis tombée sur lui au Elephant's Head et on a parlé des groupes qu'on aimait et puis une espèce d'insecte m'a piquée à l'épaule. Et lui... enfin, Hugues, il s'est approché pour examiner la piqûre de plus près, il a déposé un baiser sur mon épaule, et avant que j'aie eu le temps de réagir, il s'est jeté sur moi pour m'embrasser sur la bouche, cette fois.

— Tu en es sûre ?

Mais je n'avais pas très envie d'entendre sa réponse.

— Oui, Edie, j'en suis sûre. Quand je l'ai rembarré, il a ri et m'a répondu que je n'arrêtais pas de flirter avec lui. Mais c'est faux. Je l'aime bien, point. Je peux parler musique avec lui.

J'ai essayé de sourire comme s'il ne s'agissait que d'un énorme malentendu.

— Il avait sans doute trop bu...

— Non, Edie. Il a ajouté... Oh, laisse tomber.

— Raconte !

— Il a ajouté qu'il en avait marre de toi et de tes

petits jeux. Que je lui plaisais depuis longtemps. Que tu sortais avec lui pour rendre Jim jaloux.

J'écoutais les confidences de Pénélope, je sentais la chaleur du soleil dans mon dos. À en juger par les larmes qui coulaient sur ses joues, elle disait la vérité. J'étais peut-être capable de sortir avec le chéri d'une autre mais Pénélope était super-réglo, elle n'aurait jamais enfreint le code d'honneur des filles. Pourtant, je n'avais pas envie de la croire.

— Tu es sûre ? ai-je répété.

— Sûre et certaine. Je comptais garder l'incident pour moi mais Atsuko et Deborah ont décrété que tu avais le droit de savoir.

— Dis donc, Pénélope ! me suis-je exclamée avec colère. Tu l'as raconté à combien de personnes ?

Je me détestais de réagir de la sorte, c'est à Hugues que j'aurais dû en vouloir, pas à Pénélope.

— Juste elles et, euh... Alice. J'avais besoin de vider mon sac. Comme j'étais furieuse contre lui, Hugues est parti sans demander son reste. Je suis tombée sur Alice en allant aux toilettes et elle s'est aperçue aussitôt que quelque chose ne tournait pas rond.

— Ton attitude de cet après-midi m'étonne beaucoup moins, maintenant.

J'aurais pu lui raconter ce qui s'était passé dans ma chambre avec Jim le jour du barbecue, histoire qu'elle se sente mieux, mais pour une raison ou pour une autre, j'ai gardé le silence. Je crois qu'on appelle ça l'instinct de conservation.

— Alors, toi et moi, c'est comme avant ? a demandé Pénélope.

— Allez, viens là, ai-je répondu.

Je l'ai prise dans mes bras en lui faisant promettre de ne plus y penser.

En rentrant chez moi, je ne savais pas trop ce que je ressentais après ces révélations. Je me désolais que Pénélope ait été mêlée à une histoire pareille mais je n'éprouvais pas cette jalousie incontrôlable qui me torturait dès que je voyais Jim et Clotilde ensemble. C'était peut-être parce que Pénélope était ma copine. Et puis j'étais convaincue que Hugues avait bu un coup de trop ce soir-là. Il s'était montré si patient avec moi tandis que je tergiversais, incapable de prendre une décision. Il n'aurait pas pu me casser du sucre sur le dos, et encore moins devant l'une de mes amies. Hugues n'était pas bête à ce point-là. Il se serait douté que Pénélope viendrait tout me raconter. Donc, il devait être ivre. Sinon, pourquoi aurait-il fait une chose pareille ?

Quelle journée riche en rebondissements ! Je suis passée par mille émotions possibles et imaginables. Comble de malchance, les voisins ont accepté de s'occuper de Pudding pendant que je serai coincée dans un champ avec le genre de personnes que j'évite en temps normal. Je ne comprends pas pourquoi le destin s'acharne contre moi. D'habitude, les voisins n'arrêtent pas de se plaindre parce que la nuit, quand ils essaient de dormir, Pudding s'envoie en l'air avec les matous du quartier. Oh ! là là, même elle LE fait !

En refermant la porte d'entrée derrière moi, je me sentais au bord de l'épuisement. Il faisait une chaleur insupportable et je ne savais plus par quel bout prendre ma petite vie minable. Je me suis débarrassée de mes vêtements, j'ai enfilé mon nouveau maillot de bain et j'ai rempli ma vieille piscine gonflable, comme quand j'étais petite. Depuis que les parents étaient partis, je n'utilisais presque pas d'eau alors je pouvais bien passer outre aux restrictions dues à la sécheresse. Assise dans dix centimètres de flotte avec un pot de glace Ben & Jerry's parfum cookies, j'ai enfin pu goûter la tranquillité. Ma conception de l'été idéal.

Ou cauchemardesque, me suis-je dit en voyant Hugues escalader le portail derrière la maison. J'allais me ruer hors de la piscine et puis zut ! De toute façon, pas moyen de s'en tirer avec élégance. J'étais un peu embêtée, cela dit : je n'avais pas prévu de LE faire dehors dans une minuscule piscine.

— J'ai sonné à la porte mais ça ne répondait pas, a expliqué Hugues en me rejoignant. Je te trouve...

Il a marqué une pause pour faire son petit effet.

— ... Ravissante.

J'ai rajusté mon haut et j'ai attendu, les bras croisés sur la poitrine, qu'il s'installe près de la piscine.

— Alors tu as eu tes résultats ? a-t-il demandé après un silence.

— Ouais.

— Et... ? Bons, mauvais, bof ?

— Bons, ai-je marmonné.

Hugues m'a jeté un regard agacé par-dessus ses lunettes de soleil. Avec ses yeux bleu sombre et sa jolie bouche aux lèvres boudeuses, il me faisait penser à une statue de marbre.

— Qu'est-ce qui t'arrive ?

— Qu'est-ce qui m'arrive ?

Quel culot !

— J'ai vu Pénélope aujourd'hui. Elle m'a raconté que tu... que tu avais essayé de l'emballer hier soir !

Hugues s'est figé pendant un instant avant de piquer une colère terrible. Je n'étais qu'une petite garce égoïste qui avait passé ces six derniers mois à l'envoyer sur les roses. Pénélope s'était saoulée avant de lui faire du plat. Je l'avais bercé de faux espoirs et, comme un idiot, il m'avait crue. Pour finir, il m'a accusée de me servir de l'histoire de Pénélope comme d'un prétexte pour ne pas coucher avec lui. J'ai dû rester assise là, dans la piscine gonflable, pendant qu'il s'époumonait. Dans sa fureur, il a même fait voler deux chaises longues à travers le jardin.

— Très bien, cette fois-ci, je m'en vais. Et je ne reviendrai pas. Ne t'inquiète pas, je sors de ta vie à jamais. Tu n'auras plus besoin d'inventer des excuses minables, dorénavant. Je t'aime mais visiblement, ça ne te suffit pas.

Il a tourné les talons et j'ai compris qu'il disait la vérité. Sinon, pourquoi aurait-il pété les plombs ?

Pourquoi aurait-il décidé de s'en aller après avoir attendu pendant des mois que j'oublie Jim ? Je ne pensais pas que Pénélope avait menti, mais peut-être Hugues avait-il raison, peut-être que c'était elle qui avait trop bu, peut-être ne se souvenait-elle pas de ce qui s'était passé. Et puis, il m'aimait ! Il était la deuxième personne au monde (en dehors de ma famille) qui me l'ait jamais dit.

— Hugues, ne pars pas, l'ai-je supplié. Je te demande pardon.

Il n'a pas fait mine de revenir sur ses pas.

— S'il te plaît, reviens.

Je me suis mise à pleurer.

— Je t'ai dit que j'étais désolée.

Il s'est retourné lentement, l'air un peu honteux.

— Oh, ne pleure pas ! s'est-il exclamé d'une voix rauque avant de faire demi-tour et de me prendre dans ses bras.

C'était si bon d'être dans les bras de quelqu'un. Agrippée à sa taille, j'ai sangloté dans sa chemise de bowling années cinquante, dont il était si fier.

Hugues m'a caressé les cheveux en murmurant des paroles réconfortantes.

— C'est fini, c'est fini. Je ne vais nulle part.

— Pardon, ai-je répété. Je n'avais pas d'autre choix que de croire Pénélope.

— Je sais, ma belle. Mais tu penses vraiment que je serais resté avec toi si j'avais fait une fixation sur une autre fille ?

— Non, ai-je bredouillé.

Soudain, Hugues m'a soulevée dans ses bras et s'est installé dans la piscine en me faisant asseoir sur ses genoux.

Malgré mes larmes, j'ai éclaté de rire.

— Tu es complètement dingue. Tes vêtements sont trempés.

Il a haussé les épaules.

— Ça sèchera.

Nos visages étaient si près l'un de l'autre que je distinguais la minuscule cicatrice près de sa lèvre supérieure. Je l'ai caressée du bout du doigt.

J'étais assise dans une piscine gonflable, en bikini à fleurs, sur les genoux d'un type tout habillé et je trouvais ça normal. Voire même très agréable.

J'ai pris Hugues par la nuque et j'ai frôlé la commissure de ses lèvres d'un baiser. Il a souri.

— Tu pourrais y mettre un peu plus de passion ! Tu n'as jamais eu de problème jusqu'à maintenant.

Je l'ai à nouveau embrassé, à pleine bouche. C'était chouette de prendre l'initiative, pour une fois. Enhardie, j'ai commencé à défaire les boutons de sa chemise. Ses mains, qui me caressaient paresseusement le dos, se sont figées.

— Tu n'en as pas envie ? ai-je murmuré. J'avais l'intention de me faire pardonner.

— Intéressant... Et tu comptais t'y prendre comment ?

— Je me disais qu'on pourrait, tu sais...

J'ai promené mon doigt sur son torse en espérant que mon geste serait assez suggestif.

— Est-ce que tu penses à ce que je pense ? a demandé Hugues avec un sourire en coin.

— Je crois que je suis prête, ai-je répondu d'un ton déterminé. Faisons-le.

Hugues a pris mon visage dans ses mains et m'a donné un long baiser langoureux. Puis il s'est levé et m'a aidée à me mettre debout.

Ensuite il m'a prise par les épaules et m'a regardée droit dans les yeux.

— Je vais passer mon tour, Edie.

J'ai essayé de me dégager mais il était plus fort que moi.

— Merci, grâce à toi, je viens de me ridiculiser. Je croyais que c'était ce que tu voulais.

Hugues m'a caressé les cheveux en me contemplant d'un air attendri.

— Oui, et je suis terriblement tenté d'accepter mais je tiens à ce que tu le fasses quand tu seras prête. Et pas parce qu'on s'est disputés et que tu veux te faire pardonner. Fais-moi confiance, je sais de quoi je parle.

— Je me sens vraiment bête.

— Il n'y a pas de quoi, pourtant. Ta proposition était généreuse et adorable et tu ne sais pas à quel point j'ai envie de t'emmener dans ta chambre.

— Bon, ça va.

Je n'ai pas pu m'empêcher de sourire. Il m'avait fallu du temps mais je sentais que j'étais en train de tomber amoureuse.

On est rentrés à l'intérieur, main dans la main.

— Tu veux rester ? lui ai-je demandé.

— Un peu, oui, a-t-il répondu en me lançant un autre regard énamouré et là, j'ai compris qu'il faisait allusion aux mois à venir et pas seulement aux prochaines heures. Va t'habiller avant que je change d'avis et ensuite... Quel est ton programme ?

— Manger un morceau, regarder des DVD, se faire plein de papouilles. Ça te branche ?

J'ai monté l'escalier quatre à quatre et, une fois dans ma chambre, j'ai sauté sur mon lit : j'étais si heureuse que mon cœur allait éclater et se disperser en millions de fragments scintillants.

25 août

Ces derniers jours, j'ai vécu un rêve avec Hugues. Comme si on avait décidé, en vertu d'un accord tacite, de se débarrasser des mauvaises ondes et de repartir du bon pied. Fini les mensonges, fini les petits jeux, fini d'écouter ceux qui nous répétaient : « Vous n'avez rien à faire ensemble. » Ah ça, ils ne se gênaient pas pour donner leur avis. Et plutôt deux fois qu'une.

J'ai dû avouer à Pénélope que j'étais toujours avec Hugues. Elle m'a regardée comme si je venais de lui vomir dessus.

— Mais comment tu peux ressortir avec lui ? Après ce qui s'est passé ?

— On s'est expliqués. Et même si c'est la vérité, ça m'est égal car depuis, on s'est beaucoup rapprochés.

Deborah a mis son grain de sel.

— Qu'est-ce que tu entends par « si c'est la vérité » ? Tu penses que Pénélope mentirait à propos d'un truc pareil ?

Au lieu de répéter, Pénélope, Deborah et Atsuko ont consacré le reste de l'après-midi à se plaindre des types à embrouilles et des filles qui ne voyaient pas plus loin que le bout de leur nez. Elles essayaient de me faire passer le message mais franchement, je n'avais aucune envie de l'entendre.

Bien entendu, Jim s'est aperçu que je me portais comme un charme et il a décidé de tout mettre en œuvre pour me pourrir la vie. Il a passé la semaine à essayer de me coincer dans la cuisine du café, soi-disant pour qu'on s'explique, mais je n'ai aucune envie de me lancer dans une analyse douloureuse de notre incapacité à demeurer amis. Ces discussions se soldent toujours par un baiser passionné. Maintenant que je suis heureuse avec Hugues, je n'ai pas besoin d'aller chercher du réconfort dans les bras de Jim. Ce ne serait honnête ni pour l'un ni pour l'autre. Depuis que j'ai pris la décision de rester avec Hugues, je me sens détendue pour la première fois depuis des lustres. Je ne lui ai pas raconté ce qui s'était passé avec Jim le jour du barbecue, je n'en vois pas l'intérêt, maintenant qu'on s'entend bien. Ce qu'il ignore ne peut pas le blesser.

Seule ombre au tableau, ce fichu festival où je n'ai aucune envie d'aller. Et puis il y a Alice, qui est toujours enceinte, qui ne sait toujours pas ce qu'elle va devenir et qui passe ses nerfs sur moi.

— Ce n'est pas possible de se voiler la face à ce point ! a-t-elle lancé avec mépris.

D'après ses sources, on nous avait surpris, Hugues et moi, en train de s'embrasser à perdre haleine dans un petit cinéma de la ville.

— Ce type ne t'apportera que des ennuis, Edie. Tu ne vois donc rien ?

— Il a changé. Je crois qu'il se cache derrière des attitudes désagréables parce qu'il est timide, en fait.

Alice s'est contentée de ricaner avant d'ajouter que si une fille s'était permis ce genre de réflexion en ma présence, je lui aurais fait avaler sa langue.

Toutes ces opinions négatives me confortent dans l'idée que je n'irai pas à ce festival. Je ne pense qu'à me débarrasser de ma virginité. Avec Hugues, on devrait rester à Manchester et, euh... consommer notre relation loin des regards désapprobateurs de nos soi-disant amis. Mais il trouve que ce serait plus romantique, pour ma première fois, de le faire à la belle étoile, dans l'herbe (parmi les limaces et autres bébêtes répugnantes). Et me voilà donc assise sur mon lit en train de remplir un sac à dos avec des préservatifs, prête à prendre la route de ce fichu festival à bord d'un van pourri.

Youpi.

25 août (plus tard)

J'écris ces lignes emmitouflée dans mon sac de couchage (dire que je vais dormir dans un SAC DE COUCHAGE !) à la lumière d'une torche électrique. C'est la raison pour laquelle mon écriture part dans toutes les directions.

Le voyage a été un véritable désastre. Et je pèse mes mots. En premier lieu, Jim et Clotilde ont eu une dispute mémorable, avec intrigue principale, intrigue secondaire et divers figurants. Je commence à comprendre le sens des mystérieuses allusions de Jim il y a quelques mois, à l'époque où il a failli rompre avec cette furie.

Ils sont arrivés les derniers : on était déjà en train d'entasser nos bagages dans le van garé devant le café. La Mini cabossée de Jim s'est arrêtée dans un crissement de pneus. Il en est descendu et a attendu en tapant du pied que Clotilde s'extirpe de la voiture par le côté conducteur (en deux ans, il n'a toujours pas fait réparer la portière du côté passager).

— Merci de ton aide, a-t-elle lancé d'un ton hargneux. Sors mes affaires de ta voiture pourrie.

J'ai jeté un œil à Hugues mais il n'avait pas l'air de trouver la situation anormale et continuait à charger les bagages dans le van.

— Va les chercher toi-même, a répondu Jim entre ses dents.

Mais il a fini par obtempérer. En rassemblant les sacs dans une main pour pouvoir refermer le coffre de l'autre, il a fait tomber un petit vanity-case qui s'est ouvert, répandant sur le sol les crèmes, les lotions et le maquillage de Clotilde.

Si Hugues avait pété les plombs l'autre jour dans le jardin, ce n'était rien en comparaison de Clotilde quand elle a vu son fond de teint Clinique sur le trottoir. On aurait dit qu'elle était possédée. Elle s'est jetée sur Jim et l'a giflé en hurlant des obscénités de sa petite voix haut perchée. C'était vraiment flippant à voir mais pas autant que la réaction des autres. Pénélope, Grace, Atsuko, les types de Rhythm Records et moi, on était horrifiés. Paul et Alice, quant à eux, se sont contentés de lever les yeux au ciel et Simon a juste marmonné :

— C'est reparti.

Jim essayait de calmer Clotilde et de la maintenir à distance sans la blesser mais elle devenait de plus en plus hystérique.

— Tu me donnes envie de vomir. Je te déteste, a-t-elle crié.

Il est enfin parvenu à la maîtriser.

— Ça suffit. Arrête, maintenant.

Clotilde s'est tenue tranquille un moment et Jim, croyant le problème réglé, s'est dirigé vers nous.

Mais elle est revenue à la charge.

— Reste ici quand je te parle ! a-t-elle braillé, la main levée, prête à frapper Jim au visage, quand Hugues s'est interposé et l'a prise par le bras.

— Allez, a-t-il dit en prenant la même voix qu'avec moi quand je n'étais pas raisonnable. Viens, on va faire un tour.

Ils se sont éloignés dans la rue et Jim a poussé un gros soupir.

— Elle est insupportable depuis qu'elle s'est levée ce matin, a-t-il maugréé à l'intention d'Alice qui s'était précipitée pour vérifier qu'il allait bien.

Le reste du groupe – y compris moi-même – était toujours sous le choc. À la vue de Jim, profondément seul malgré ses amis qui cssayaient de le réconforter, j'ai senti mon cœur se serrer. En y réfléchissant, c'était lui qui ne souriait plus. Du moins pas comme avant. Où étaient passés le petit sourire en coin et le sourcil levé qui me faisaient perdre mes moyens ? Mais je me suis dit qu'il était inutile de considérer Jim autrement que comme unc simple connaissance, maintenant que j'étais avec Hugues. Un jour ou l'autre, je n'éprouverais plus rien en le voyant, avec son jean qui tombait toujours sur ses hanches et ses cheveux couleur chocolat qu'on avait envie d'ébouriffer. Il fallait juste que j'apprenne à me détacher de lui.

Bref, le voyage n'avait pas débuté sous les meilleurs auspices et l'ambiance a continué à se dégrader.

Pénélope a refusé de s'asseoir à l'arrière du van et, après nous avoir lancé, à Hugues et à moi, un regard lourd de sous-entendus, elle s'est installée à l'avant avec Alice et Paul qui avait pris le volant. Grace, encore plus collée à sa sœur que d'habitude, s'est glissée entre Pénélope et la portière. Atsuko a décliné l'offre de Simon qui voulait absolument la prendre sur ses genoux pour lui éviter de heurter les sacs chaque fois que Paul changeait de file. Deborah ne s'est pas fait prier pour se caler entre Will et Robbie. Quant à Jim et Clotilde, ils se sont assis à l'écart des autres (un exploit lorsqu'on est entassé à l'arrière d'un Transit délabré). À les regarder, on aurait cru qu'ils venaient d'avoir une énorme dispute. Ce qui était effectivement le cas.

Au fil des minutes, l'atmosphère est devenue de plus en plus tendue. On s'est chamaillés au sujet du choix de la musique, du choix de la station-service, du choix de celui qui aurait le privilège de s'asseoir près de la vitre. Et ça ne faisait même pas une heure qu'on était partis.

— On pourrait jouer à « je suis allé au festival... », ai-je suggéré gaiement.

Ma proposition a été rejetée à l'unanimité avec différents degrés d'agressivité. Jim m'a lancé un regard plein de rancune, il se souvenait sans doute du séjour à Paris. On avait passé la plus grande partie du voyage à jouer à ce jeu débile : « Je suis allé au festival et j'ai emporté des crevettes sauce cocktail, un déguisement de David Copperfield... » C'était le bon temps.

Hugues m'a enlacé la taille.

— On a eu raison de venir, a-t-il chuchoté à mon oreille. J'ai hâte d'être seul avec toi sous la tente.

J'ai souri et je l'ai embrassé sur la joue, pourtant je n'ai pas pu m'empêcher de me demander pourquoi cette idée m'enthousiasmait autant qu'une opération à cœur ouvert.

Jim nous a toisés avant de se tourner brusquement vers Clotilde qui ruminait encore dans son coin. Il lui a caressé la joue.

— Pardon, c'est ma faute. J'aurais dû penser à mettre le réveil.

Clotilde lui a lancé un regard à geler la banquise puis s'est détournée.

— Allez, a repris Jim d'une voix douce. Je ferai n'importe quoi pour que tu me pardonnes.

D'un coup, elle a paru beaucoup plus intéressée.

— N'importe quoi ? a-t-elle demandé avec ce sourire de chat qui a le don de me mettre hors de moi.

— N'importe quoi.

— Mmmm, voyons, les chaussures avec les lanières roses qu'on a vues l'autre jour ?

— Je te les achèterai en rentrant, a répondu Jim.

Clotilde a poussé un petit cri de joie et s'est jetée à son cou. J'ai observé Jim avec mépris. Cette fille l'avait transformé en carpette. Chaque fois que j'avais piqué une crise devant lui, j'avais eu droit à un ricanement ou à une remarque bien sentie. J'aurais pu doubler ma garde-robe si seulement j'avais su jouer les princesses. Tandis que Clotilde couvrait Jim de baisers, il s'est assuré que je les regardais et l'a embrassée à pleine bouche.

— Il y a des hôtels pour ça ! s'est écrié Will.

Ils ont fini par se calmer puis Jim m'a souri d'un air mauvais. En me détournant, j'ai eu le temps de voir une lueur de triomphe dans le regard que Clotilde a lancé à Hugues qui me serrait toujours de près. Pas de doute, j'étais bien en enfer.

Au bout de trois heures au cours desquelles j'ai songé que si je devais écouter encore une fois la cassette de Will, *Trance Hits*, je me ferais amputer des oreilles, Paul a garé le van.

En ouvrant la porte coulissante qui allait nous libérer, je me suis aperçue qu'on ne se trouvait pas sur le parking d'une station-service et qu'on n'était pas près d'aller s'empiffrer dans un fast-food. Paul avait fait halte dans un petit village avec un terrain de cricket, un étang et des cars entiers d'Américains qui nous dévisageaient comme si on arrivait tout droit de la planète Mars.

— Où se trouve le Kentucky Fried Chicken le plus proche ? a demandé Deborah au nom du groupe.

Paul et Alice ont échangé un sourire.

— Il y a un salon de thé près de l'étang, a répondu Alice. Mais avant, on s'est dit qu'on pourrait aller jeter un coup d'œil au concours de lancer de moutons.

— Hein ? Quoi ? Où ? ai-je demandé comme une idiote.

— Oui, on a vu une pancarte sur la route, a expliqué Paul. Du lancer de moutons ! On ne peut pas rater ça !

Ensuite, il s'est passé un truc dément. Grace a écrasé le pied de Paul en l'accusant de promouvoir la cruauté envers les animaux puis elle s'est précipitée vers un enclos proche décoré de banderoles autour duquel se pressait une foule compacte. C'était sans doute là qu'on lançait les moutons. Pénélope a couru après Grace, Atsuko et Deborah ont couru après Pénélope, Paul s'est mis à sautiller d'un pied sur l'autre en grimaçant de douleur, et moi, j'étais littéralement écroulée de rire. Hugues, le sourire aux lèvres, a essayé de me relever, mais sans succès. Assise par terre, j'en pleurais presque.

— La tête de Paul... ai-je hoqueté.

Paul, le visage en feu, ne trouvait pas ça drôle.

— Moi si, mon chéri, a répliqué Alice. Je ne savais pas que cette petite était capable de s'exprimer, sans parler des coups et blessures.

— Jim ! a aboyé Clotilde, qui, elle, n'avait pas l'air de s'amuser beaucoup. J'ai la migraine et j'ai faim. On va bien dégoter quelque chose à manger dans ce bled pourri.

Et elle s'est dirigée au pas de charge vers le salon de thé.

— Comme tu voudras, mon sucre d'orge, a répondu Jim entre ses dents avant de lui emboîter le pas, sous l'œil courroucé de Hugues.

— Allez, Edison Lighthouse, debout ! a dit Alice en me relevant.

Ça faisait tellement longtemps qu'elle n'avait pas employé ce surnom (emprunté à un vieux groupe hippie) que, malgré Hugues qui me faisait signe de le rejoindre, on s'est dirigées vers l'enclos, bras dessus bras dessous.

Quand on est arrivées sur les lieux, Grace, qui avait organisé une manifestation de protestation avec une seule participante (elle), était en train de passer à la postérité : les touristes, avec un bel ensemble, avaient braqué leur Caméscope sur elle.

— Vous êtes cruel ! a-t-elle crié à l'intention d'un pauvre fermier qui tenait un mouton terrorisé au bout d'une longe.

— Grace, tu fais peur aux animaux, a protesté Pénélope qui essayait en vain de la calmer. Ils ne lancent pas vraiment les moutons. Si ? a-t-elle ajouté en se tournant, l'air anxieux, vers un type vêtu de tweed, sans doute le responsable de l'événement.

— On fait sauter les moutons, mademoiselle, on ne les lance pas. Le tournoi est supervisé par notre vétérinaire local. Il existe depuis plus de trois cents ans et je n'ai jamais...

— Tu vois, Grace, pas de quoi s'emballer, ai-je renchéri. Les moutons aiment bien sauter. Tu n'as jamais vu *Trente Millions d'amis* ?

Grace m'a dévisagée d'un air dubitatif.

— Tu crois ?

— J'en suis sûre, ai-je répondu en m'efforçant de garder mon sérieux. Maintenant, est-ce qu'on peut aller manger un morceau, pas du mouton, de préférence ?

— OK, a acquiescé Grace en prenant la main que je lui tendais. Mais si j'apprends que vous lancez des moutons, je vous dénonce à la SPA, a-t-elle ajouté à l'intention de M. Tweed.

Après avoir avalé quelques sandwichs au concombre puis vérifié qu'aucun mouton n'avait été lancé, on a décrété qu'il était temps de retourner au van qui, dans l'intervalle, s'était transformé en fournaise.

Très vite, la tension est remontée. Jim et Clotilde, qui s'étaient disputés pendant qu'on était partis chercher Grace, n'arrêtaient pas de s'envoyer des piques. Alice critiquait Will parce que l'odeur du sandwich œuf-mayo qu'il avait sorti de son sac lui donnait la nausée. Atsuko et Deborah se crêpaient le chignon au sujet de Tom Cruise : l'une prétendait qu'il était gay, l'autre jurait le contraire.

Ils me tapaient sur le système. Hugues se montrait imbuvable depuis que j'étais partie avec Alice. J'envisageais sérieusement de les planter au prochain arrêt pipi et de rentrer chez moi en stop. J'ai fini par sortir mon iPod de mon sac, histoire de couvrir leurs jérémiades avec les White Stripes à plein tube.

En arrivant sur l'autoroute, le van s'est mis à crachoter, puis à perdre de la vitesse avant de caler pour de bon. Heureusement, Paul s'est débrouillé pour gagner la bande d'arrêt d'urgence avant que le véhicule ne rende l'âme mais on a dû attendre la dépanneuse pendant quatre heures. Seule consolation : pendant que tout le monde hurlait après tout le monde, Simon a réussi à arrêter un marchand de glaces ambulant et l'a persuadé de nous vendre des boissons fraîches.

On a pu repartir à six heures du soir et quand on a débarqué sur le site du festival deux heures plus tard, plus personne ne se parlait. Et pour cause, tout le monde dormait. On s'est retrouvés coincés dans un énorme bouchon qui s'étirait jusqu'à l'entrée principale.

Ce silence inhabituel n'était pas pour me déplaire, c'était moins stressant que les hurlements et les disputes, mais je ne pouvais pas rester une minute de plus dans ce van. À vrai dire, j'hésitais encore à fausser compagnie à notre petit groupe pour me rendre en stop à la gare la plus proche mais même moi, je trouvais que c'était une très mauvaise idée. J'ai pris mon sac à dos et j'ai rampé jusqu'à la porte coulissante.

— Je sors, ai-je annoncé. On se retrouve au camping. J'ai besoin de marcher un peu.

Les autres ont commencé à remuer.

— Mais tu détestes marcher, a observé Deborah.

— Et tu vas te perdre, a ajouté Hugues comme si c'était inévitable.

— Mais non, ai-je répondu avec humeur. On a déjà notre emplacement, j'ai une carte et si je passe une seconde de plus dans ce van, je vais égorger quelqu'un. Ce sera sans doute Will.

— Qu'est-ce que j'ai fait ? a protesté Will.

— Ce n'est pas toi, c'est ta musique trance.

— Je n'aurais jamais pensé dire ça un jour mais je suis d'accord avec elle sur ce point, a renchéri Clotilde.

Ma tentative d'évasion n'a pas été un succès total. Au bout de dix minutes de parlote inutile, Paul et Alice sont restés dans le van pendant que le reste du groupe, soit moi et TOUS les autres, continuait à pied. On a marché un long moment, mes pieds glissaient dans mes tennis à cause de la transpiration. Et allez savoir quand j'allais pouvoir prendre un bain. Pas de sitôt, à coup sûr.

À cette heure-là, il faisait noir comme dans un four. L'unique lumière provenait des feux de camp. On n'a pas arrêté de trébucher sur des gens avant de dénicher notre emplacement. Enfin, on n'était pas certains que ce soit le bon, difficile d'en avoir le cœur net avec l'obscurité. Bien entendu, les tentes étaient dans le van, si bien qu'on a attendu pendant des plombes le retour de Paul et d'Alice qui s'étaient garés à des kilomètres. Il était une heure et demie du matin quand on a commencé à monter les tentes, ce qui a donné lieu à d'autres disputes, vu qu'on s'est pris les pieds dans les piquets de la tente voisine et que les hippies qui l'occupaient nous ont aboyé dessus. Mais on a fini par y arriver. Il restait encore un problème à régler, l'ultime obstacle entre moi et une nuit calamiteuse dans un sac de couchage : qui allait dormir avec qui ?

Jusqu'à présent, Hugues n'avait pas fait d'histoires. Par chance, il avait dormi pendant la dernière partie du voyage et s'était réveillé d'excellente humeur. Ses bonnes dispositions avaient duré assez longtemps pour qu'il accepte de porter mes sacs pendant qu'on escaladait une pente raide. Je suis peut-être féministe, mais pas à ce point. À présent, il lorgnait tour à tour une petite tente pour deux personnes et moi-même. Franchement, pas besoin d'être un génie pour faire le rapprochement. Mais me retrouver nue comme un ver à côté de lui était le cadet de mes soucis. Je n'avais qu'une envie : dormir.

C'est à ce moment-là qu'Alice a bousculé Hugues pour rejoindre la petite tente.

— Paul et moi, on dort dans celle-là, a-t-elle décrété d'un ton qui n'admettait pas de réplique. Jim et Clotilde dorment dans la tente verte et les deux grandes tentes restantes seront partagées entre les filles d'un côté et les garçons de l'autre. Bonne nuit.

À cette annonce, Hugues a paru très énervé et du coup, j'ai essayé de prendre l'air très énervé, moi aussi.

— Tant pis ! me suis-je exclamée en l'embrassant sur la joue. À plus tard.

Il m'a prise par la taille avant que je puisse m'échapper et m'a attirée contre lui.

— Demain, alors. On trouvera un endroit tranquille, c'est promis.

Mais sa promesse ressemblait plutôt à une menace.

Je ne sais pas quand je trouverai à nouveau l'occasion d'écrire. Deborah et Pénélope n'arrêtent pas de râler parce que je fais du bruit avec mes feuilles pendant qu'elles s'efforcent de dormir.

Je tenterai de rattraper le retard accumulé en rentrant à Manchester. J'aimerais posséder une machine à accélérer le temps pour me retrouver chez moi en un clin d'œil, avec ce séjour de cauchemar derrière moi.

31 août

Enfin rentrée, merci, petit Jésus ! J'ai décidé de taper la suite de mes aventures pour l'intégrer dans mon journal, j'ai tellement de choses à raconter ! Aussi longtemps que je vivrai, je jure de ne plus jamais mettre les pieds dans un festival. Promis, juré, craché. Bref, la suite :

26 août

Comme je le craignais, ce festival a été un cauchemar. Il y avait des tas de types imbibés de bière et coiffés de ces ridicules chapeaux de bouffon en velours avec des clochettes ; au moins, on les entendait venir quand ils se glissaient derrière les filles pour essayer de les peloter. Mais je les préférais encore aux hordes de hippies qui se baladaient les fesses à l'air dans le « pré de relaxation » ; ils m'ont dégoûtée à jamais des saucisses cocktail. Après un petit déjeuner (ou plutôt un déjeuner, pour être tout à fait exacte) composé de beignets achetés à un stand, chacun est parti de son côté et je me suis retrouvée seule avec Hugues. Les filles m'ont proposé d'aller voir les attractions avec elles, mais Hugues, qui avait manifestement décidé de passer quelques heures en tête à tête avec moi, ne me lâchait pas la main.

On s'est dirigés vers la scène principale et j'ai commencé à me détendre, à oublier la raison de ma présence ici avec lui. C'était juste Hugues, il n'avait rien d'effrayant. On a passé la demi-heure suivante à pester de concert contre les installations sanitaires dignes du Moyen Âge (comprendre : il n'y en avait pas) et les marmots insupportables des hippies, qui venaient se fourrer dans nos pattes à la moindre occasion. Il faut croire que les enfants n'ont pas la même conception que nous de l'espace.

On a décidé de se poser un peu pour voir un ou deux groupes et tandis qu'assis dans l'herbe, main dans la main, on sirotait de la bière tiède, je me suis dit : tout va bien, c'est ce que font les couples normaux dans un festival.

Après le premier concert, Hugues s'est tourné vers moi et a retiré ses lunettes de soleil.

— Je ne sais pas comment tu te débrouilles, a-t-il déclaré d'un air songeur.

— Quoi ?

— Tu as à peine dormi, je sais que tu tuerais père et mère pour une douche parce que tu me l'as répété dix fois et pourtant, tu es splendide, comme si tu sortais d'un film de Fellini.

Je ne savais pas qui était Fellini (probablement un réalisateur étranger très en vogue) mais j'ai fait la moue. Je ne voyais pas comment j'aurais pu être splendide. Je portais un tee-shirt chiffonné et un corsaire rose déjà couvert de taches d'herbe. Et malgré l'écran total que j'avais généreusement appliqué sur mon visage, les taches de rousseur se multipliaient sur mon nez à la vitesse de l'éclair. J'ai passé mes doigts dans mes cheveux emmêlés.

— C'est gentil, Hugues. Mais je me sens horrible. Je ne sais pas comment toi-même tu t'y prends pour rester aussi élégant.

J'étais sincère. Il n'y avait pas un pli sur son jean bleu brut et sa chemise à carreaux. Il avait dû dormir debout.

— Je n'aurais rien contre l'idée d'aller froisser tout ça, a-t-il ironisé.

Nous y voilà ! Devant ma mine stupéfaite, il s'est esclaffé.

— Viens, on retourne à la tente. Il faut que tu saches ce que tu as raté.

Je suis demeurée silencieuse quelques instants. La tension était palpable, je devinais que Hugues retenait son souffle. Je ne pouvais plus me défiler.

— OK, ai-je soupiré.

Il a souri et m'a aidée à me relever.

— Si tu savais comme j'ai attendu ce moment, a-t-il susurré en se penchant pour m'embrasser.

Il nous avait fallu une demi-heure pour atteindre la scène principale. On a mis dix minutes pour retourner à l'emplacement, avec Hugues qui me tirait par la main.

Tandis qu'il dézippait la fermeture à glissière de la tente, je me sentais détachée de tout, comme si j'étais sortie de mon corps et que je m'observais.

Je me suis glissée à l'intérieur, suivie de Hugues qui était déjà en train de déboutonner sa chemise. Ça y est, me suis-je dit, je vais faire l'amour pour la première fois sous une tente, au milieu d'un champ, en plein jour. Ce n'était pas comme ça que je me l'étais imaginé. Hugues m'a attirée contre lui et s'est mis à m'embrasser. Les mains sous mon tee-shirt, il a murmuré :

— Je te trouve un peu trop habillée.

Je me suis débarrassée de mon tee-shirt. Tandis que Hugues se débattait avec l'agrafe de mon soutien-gorge, j'aurais voulu être ailleurs. Il me regardait sous toutes les coutures et ses gestes étaient brutaux. Il n'y mettait pas beaucoup de tendresse. Mais comment lui avouer que je m'étais trompée, alors que je lui avais donné ma parole ? Impossible de revenir en arrière...

Il était parvenu à défaire mon soutien-gorge quand on a entendu un bruit étouffé au-dehors. Je me suis figée.

— Qu'est-ce que c'était ?

Hugues m'a plaquée contre le sol.

— Quoi ? a-t-il demandé avec impatience.

— J'ai cru entendre un bruit.

Il y a eu un autre grattement contre la toile.

— Tiens, encore !

Et là, horreur ! La tête de Pénélope est apparue dans l'ouverture de la tente.

On a toutes deux poussé un cri de surprise. Elle a reculé tandis que je me couvrais la poitrine avec mon tee-shirt.

Hugues – cet imbécile – s'est mis à rire.

— Encore raté ! s'est-il exclamé en se rallongeant, les mains calées sous la nuque.

Je lui ai tourné le dos pour remettre mon soutien-gorge et mon tee-shirt, et je suis sortie de la tente. J'étais écarlate.

— Je suis vraiment désolée, a bredouillé Pénélope. Je ne me doutais pas...

— T'inquiète, ai-je répondu.

Si j'avais pu, je lui aurais baisé les pieds en signe de gratitude.

Elle m'a emmenée à l'écart du camp.

— Plutôt mourir que de rester à côté de lui, a-t-elle grommelé.

Je me suis rappelé ce qui s'était passé la dernière fois qu'ils s'étaient croisés et j'ai tressailli.

— Oublie-le une minute.

J'aurais voulu pouvoir en faire autant.

— Et dis-moi plutôt ce qui ne va pas.

Pénélope a laissé échapper un petit cri de frustration.

— Grace a disparu. J'ai tourné le dos une seconde et elle n'était plus là.

— Bon, où étiez-vous la dernière fois que tu l'as vue ? ai-je demandé avec autorité, genre « je prends les choses en main ».

— Dans une espèce de grande tente où les gens dansent. J'ai fouillé chaque recoin. Les autres s'y sont mis aussi et on n'a pas trouvé la moindre trace d'elle.

— Bon, Hugues va rester ici au cas où elle passerait et moi, je viens avec toi, ai-je décrété. Il a son portable. Quant à nous, on a assez de téléphones à nous tous. On va la retrouver.

— Dis donc, Edie, je ne savais pas que tu

avais autant d'esprit d'initiative, s'est exclamée Pénélope.

J'ai jeté un œil à l'intérieur de la tente : Hugues, la tête appuyée contre un sac de couchage roulé en boule, m'a fait un sourire carnassier.

— Ah, te voilà. Je commençais à croire que tu m'avais laissé en plan.

— Changement de programme, ai-je annoncé. Grace a disparu. Pénélope est sens dessus dessous. J'ai besoin que tu restes ici au cas où Grace reviendrait. D'accord ?

— Mais, Edie... a-t-il protesté.

Je lui ai adressé un vague signe de la main et je suis retournée auprès de Pénélope.

— Toi, tu vas voir du côté des secours et moi je m'occupe du stand de la protection des animaux, ai-je décrété en dévalant la pente au pas de course.

— Merci, Edie. Je ne sais pas ce que je deviendrais sans toi. Je me sens incapable de faire fonctionner mes neurones.

— C'est normal, tu te fais du souci pour Grace, ai-je répondu, haletante, en accélérant l'allure.

— Oui, comme toute grande sœur tyrannique qui se respecte. Au fait, excuse-moi, j'ai été trop dure avec toi.

— Oublie ça. Mais, je t'en prie, ne dis rien à personne pour Hugues et moi. tu sais, quand tu nous as vus...

— À qui veux-tu que j'en parle ? s'est écriée Pénélope. J'ai eu le choc de ma vie !

J'ai inspecté le stand de la protection des animaux et je suis retournée au « pré de relaxation » mais aucune trace de Grace. Ensuite je suis tombée sur Will et Robbie qui n'étaient pas plus avancés. J'avais renoncé et m'apprêtais à rejoindre les autres quand j'ai cru apercevoir Grace dans la foule. Je me suis frayé un chemin jusque-là... pas de Grace. J'ai jeté un coup d'œil désespéré autour de moi et c'est là que je l'ai vue, au milieu d'un groupe d'hommes qui titubaient en rigolant. Grace les imitait, le teint blême et les yeux hagards. Un des types, plus baraqué que les autres, l'a prise par l'épaule et j'ai cru qu'ils allaient tomber en arrière.

Je me suis précipitée vers elle.

— Edie ! Edie chérie ! s'est-elle écriée en se jetant dans mes bras. Tu en fais, une tête !

Ses pupilles étaient dilatées et elle paraissait toute molle. On aurait dit que ses bras étaient en pâte à modeler.

Je me suis tournée vers les garçons du groupe, qui continuaient à rire bêtement.

— Qu'est-ce que vous lui avez fait ?

Pas de réponse. Les gloussements ont recommencé.

Je me suis ruée sur l'un d'eux.

— Qu'est-ce qu'elle a pris ? ai-je demandé en le saisissant par le col.

— Oh, un truc, a-t-il marmonné. T'en veux ? Je te le fais à cinq livres.

— Espèce de gros minable ! ai-je rugi. C'était quoi, de l'acide ou de l'ecstasy ?

— Sans doute de l'acide, a répondu un très beau garçon qui venait de se détacher de la foule des curieux rassemblés autour de nous. Jamais il ne lui aurait refilé de l'ecstasy, c'est trop cher.

— Peu importe, ai-je répliqué, un peu déstabilisée par son joli minois.

Je me suis tournée vers Grace et j'ai essayé

de la soutenir sans lâcher pour autant le sale type.

— Tu as de la chance que ce soit moi qui t'aie trouvé. Si ç'avait été sa sœur ou un de nos copains, tu serais déjà mort.

Je l'ai repoussé d'un geste brutal et il s'est retrouvé par terre, toujours hilare. J'ai jeté un regard noir à ses copains qui me fixaient d'un air hébété, sans comprendre. Il leur manquait les sous-titres, apparemment.

— Hé ! Hé ! Grace, écoute-moi ! Qu'est-ce que tu as pris ?

Grace, la tête appuyée contre mon épaule, était en train de baver sur mon tee-shirt.

Je l'ai secouée un peu et elle s'est redressée.

— Ils m'ont offert une bouteille d'eau, a-t-elle répondu, le regard dans le vague. Et depuis je me sens bizarre.

— Tu as besoin d'aide ? a demandé le beau hippie.

Il m'a dit s'appeler Azur puis il a pris l'autre bras de Grace et m'a aidée à la porter jusqu'à la tente des premiers secours. Il était tellement canon que, dans des circonstances normales, je me serais noyée dans ses yeux turquoise, mais je me suis très vite reprise. Ce n'était ni l'endroit ni le moment. Et puis Grace commençait sérieusement à me filer les jetons : elle bredouillait des phrases sans suite, qu'elle m'aimait beaucoup, que les gens autour d'elle étaient habités par des esprits d'animaux, ce genre de trucs.

Azur s'est éclipsé après nous avoir laissées entre les mains du personnel soignant, non sans préciser que si j'avais encore besoin de ses services, je le trouverais au stand d'astrologie. Après avoir ausculté Grace, le médecin a déclaré qu'elle avait sans doute pris de l'acide : la seule chose à faire était de m'asseoir avec elle au calme et de lui faire boire des litres d'eau. Bien entendu, j'avais laissé mon portable dans la tente, j'ai donc dû remplir une fiche pour que le DJ de la scène principale puisse lire une annonce au micro. Ainsi, les autres sauraient où nous trouver. J'ai déjà précisé que je ne mettrai plus jamais les pieds dans un festival ?

Une fois certains que Grace ne faisait pas d'overdose et qu'elle n'allait pas perdre la boule de manière définitive, les toubibs nous ont installées dans une annexe préfabriquée avec un lit et j'ai réussi à convaincre Grace de s'allonger. J'ai pris sa tête sur mes genoux et je lui ai caressé les cheveux en écoutant d'une oreille son charabia ininterrompu.

Elle avait attrapé des coups de soleil. Ses cheveux blonds et bouclés, de la même couleur que la crinière rock'n'roll de Pénélope, étaient fins comme un duvet d'oiseau. J'ai remarqué pour la première fois qu'elle était très jolie. Bien plus jolie que Pénélope (ne le répétez pas). Grace avait une beauté douce et laiteuse, comme les anges de mon livre sur la Renaissance. Très Botticelli, quoi. Mais il fallait qu'elle s'occupe de ses cheveux (peut-être un bon shampoing pour commencer) et qu'elle arrête de se cacher le visage derrière ses mains. Ça ne devait pas être facile d'avoir une sœur comme Pénélope. Pénélope avait une personnalité cool et fonceuse, il fallait s'accrocher pour être à la hauteur.

Grace m'a saisi les mains et les a embrassées. Je me suis dégagée avec douceur

— Je suis si heureuse que tu sois là, Edie,

a-t-elle marmonné en essayant de garder les yeux fixés sur moi. Tu es mon amie, hein, pas seulement celle de Pénélope ?

— Mais bien sûr, ai-je répondu en lui tapotant la main. Essaie de dormir, maintenant.

— Chaque fois que je ferme les yeux, je vois les neveux de Donald Duck, version satanique, m'a-t-elle expliqué d'un ton solennel. Je n'arrive pas à me souvenir de leurs noms.

— Riri, Fifi et Loulou.

Grace s'est esclaffée.

— Toi, alors, tu sais tout !

— Rappelle-moi de venir te voir dès que j'ai besoin de rebooster mon ego.

Soudain Grace m'a agrippé les poignets et s'est lancée dans un discours incohérent : soi-disant qu'elle m'idolâtrait et qu'elle voulait me ressembler afin que les garçons se battent pour elle.

— Tu es mon héroïne ! s'est-elle écriée d'un ton désespéré.

— S'il te plaît, calme-toi. Je n'ai rien d'une héroïne, crois-moi. Ma vie est un fiasco. Je suis censée prendre des tas de décisions importantes au sujet de mon avenir alors que je ne suis même pas capable de planifier le lendemain. Et les garçons ne se battent pas pour moi. Il n'y a guère que Hugues et... enfin, tu vois, c'est Hugues.

Grace a gardé le silence quelques instants et j'ai cru qu'elle s'était endormie, mais soudain elle a ouvert les yeux et m'a posé la question qui tue :

— Alors pourquoi as-tu embrassé Jim ?

— Jim et moi ? Oh, c'est une longue histoire.

Mais Grace a tenu à entendre la suite et j'ai fini par céder. Je lui ai tout raconté de A à Z. Y compris les détails pas très racontables. Ces fois innombrables où, comme deux idiots, on avait réussi à se faire du mal. Et pourquoi on avait rompu. Quand, au bout d'une heure, je suis arrivée au terme de mon récit, Grace m'a regardée droit dans les yeux sans ciller avant de demander :

— Pourquoi tu restes avec Hugues alors que tu aimes toujours Jim ?

J'ai commencé à protester mais elle m'a coupée net :

— Je déteste Hugues. Il a essayé de m'embrasser le jour de ton barbecue. Après vous avoir surpris, Jim et toi, je suis tombée sur lui en descendant l'escalier. Il m'a collée contre le mur et m'a dit qu'il s'occuperait de mon cas dans quelques années. Puis il m'a embrassée et je me suis laissé faire parce que s'il montait, vous étiez cuits.

— Oh, Grace, je suis vraiment désolée !

J'ai ressenti le besoin inexplicable de l'envelopper dans une grande couverture, comme pour la soustraire à la pourriture du monde. J'avais une autre envie, très facile à expliquer, celle-là : aller trouver Hugues pour lui balancer mon pied dans la partie du corps dont il se servait pour réfléchir. Grace n'était peut-être pas encore redescendue mais elle disait la vérité. Tout comme Pénélope. Ça ressemblait trop à Hugues, je pouvais presque l'entendre menacer Grace de sa voix nonchalante. En repensant au sacrifice que j'avais failli accomplir pour le garder, j'ai eu la nausée. Il s'était bien fichu de moi. Quel sale type ! Menteur, hypocrite et méchant.

— J'aurais tant aimé que mon premier baiser se passe autrement, a observé Grace, songeuse.

— Avec le temps, ça s'améliore. Quand Jim m'embrasse, c'est comme... comme s'il était le seul à pouvoir me gratter là où ça me démange... euh, en mieux, bien sûr.

Grace m'a souri et n'a pas tardé à s'endormir. J'ai pensé à ma vie depuis que Hugues était venu y mettre la pagaille. Est-ce que je m'étais voilé la face, étais-je toujours amoureuse de Jim, ainsi que Grace le prétendait ? Mais qu'en savait-elle ? Elle avait réussi à se faire refiler de l'acide, ce n'était pas à proprement parler une preuve de bon sens, hein ? Quand Pénélope, Will et Robbie sont arrivés, je nageais en pleine déprime.

Lorsque je leur ai expliqué ce qui était arrivé à Grace, Pénélope a éclaté en sanglots. Puis Grace s'est réveillée et elle s'est mise à pleurer, elle aussi. J'avais une furieuse envie de les imiter. Une fois calmée, Pénélope s'est montrée adorable avec sa sœur. Il fallait voir ça. Je m'attendais qu'elle lui fasse un sermon du genre : « N'accepte jamais un verre d'un garçon que tu ne connais pas », mais elle s'est surtout inquiétée de sa santé. J'aurais bien aimé avoir une grande sœur, moi aussi. Si j'en avais eu une, je n'en serais peut-être pas là. Je me suis assise avec Grace et Pénélope, pendant que Will était parti chercher un médecin pour ausculter Grace une dernière fois. Celui-ci a estimé qu'elle avait juste besoin de repos et qu'elle se sentirait peut-être un peu fébrile pendant les prochaines vingt-quatre heures. Will – qui en la circonstance a révélé son côté super-héros – a porté Grace pendant que Robbie prenait Pénélope par l'épaule et on a regagné ensemble le campement.

Je n'avais qu'une envie, rentrer à la maison, me coucher (dans des draps fraîchement lavés de préférence) et dormir jusqu'au retour des parents. Pendant que les autres s'affairaient autour de Grace, je suis allée chercher une carte du site dans ma tente, histoire de dénicher un moyen de transport susceptible de me ramener chez moi. En entendant le bruit de la fermeture à glissière, je me suis préparée à affronter Hugues. Mais c'était Alice.

— Oh, c'est toi ! ai-je marmonné avant de prendre conscience que ma phrase pouvait être mal interprétée. Enfin, ce n'est pas ce que je voulais dire.

— Heureuse de l'entendre, a répliqué Alice sur un ton de reproche. Eh bien, te voilà l'héroïne du jour. J'imagine que Pénélope t'a pardonné pour le Huguesgate.

— Ne me parle pas de lui, ai-je grommelé. Qu'il aille se faire voir.

Alice a eu l'air étonné. Elle a ouvert la bouche pour répondre avant de se raviser.

— Désolée, j'aurais mieux fait de me taire, ai-je poursuivi. Tu dois en avoir ras le bol de mes petits drames personnels.

— Les amis sont là pour ça. Bon, grande nouvelle : je viens d'acheter une boîte de Tampax à un prix astronomique. C'est l'arnaque, ici.

— Alors tu n'es pas... ? ai-je demandé en écarquillant les yeux.

Elle s'est jetée dans mes bras.

— Non ! J'ai mes règles ! Je ne suis pas enceinte.

— Oh, je suis si contente pour toi ! me suis-je exclamée avant de m'interroger : c'était la bonne réaction, au moins ? Tu es soulagée ?

— Libérée, tu veux dire ! Mais j'aurais préféré que les Anglais débarquent à un autre moment. Avec ces toilettes de l'âge de la pierre... Bon, raconte-moi. Qu'est-ce que Hugues a encore fait ?

— Oh, je n'ai pas envie d'en parler. C'est fini, terminé, basta. Je n'ai même pas la force d'entrer dans les détails. Ce mec est pathétique, infidèle, manipulateur...

J'étais à court d'adjectifs. Alors je me suis tue le temps de retrouver mon calme.

Alice n'a pas posé de questions. Elle s'est contentée de m'informer que Paul et elle avaient prévu de manger un morceau puis d'aller voir un film en plein air. Elle a ajouté que j'avais intérêt à trouver une excuse en béton pour ne pas les accompagner.

Hugues m'attendait à l'extérieur de la tente.

— Enfin, te voilà ! a-t-il lancé d'une voix où perçait l'agacement. J'ai bien envie de t'étriper.

Je n'étais pas d'humeur à m'expliquer avec lui, d'autant que les autres (excepté Clotilde et Jim qui manquaient à l'appel depuis ce matin) nous observaient. Quand je me suis tournée vers eux, ils ont fait mine de s'intéresser à quelque chose par terre.

J'ai jeté un regard noir à Hugues, en y mettant toute la rancœur dont j'étais capable. Il a reculé.

— Qu'est-ce que j'ai encore fait ?

— Ne t'approche pas de moi, point. Ne me parle pas, ne me touche pas. Ne t'avise même pas de respirer à côté de moi !

— Arrête ton cinéma, Edie...

Je ne l'ai pas laissé finir, je l'ai planté au milieu de sa phrase et j'ai rejoint les autres au pas de course.

— On va manger ou quoi ? leur ai-je demandé.

Même s'il était évident, à leur mine, qu'Alice les avait mis au parfum, ils ont obéi sans poser la moindre question. Hugues nous a regardés partir, l'air furieux.

Tandis qu'on flânait parmi les stands en évitant ceux qui vendaient de la nourriture végétarienne ou potentiellement avariée, le reste du groupe gardait un silence plein de tact à propos de ce qui venait de se passer entre Hugues et moi. Je voyais bien que Deborah mourait d'envie d'en apprendre davantage : Atsuko n'arrêtait pas de lui pincer le bras car à plusieurs reprises, j'ai entendu Deborah marmonner : « Arrête ! Je n'ai rien dit. »

On attendait devant le cinéma en plein air lorsque Jim nous a rejoints. Sans Clotilde. C'est drôle, Hugues avait caressé mes seins et je n'avais rien ressenti, mais il me suffisait d'apercevoir Jim, son Levi's déchiré et son vieux tee-shirt pour perdre tous mes moyens.

— Où est Clotilde ? a demandé Alice.

— Je ne sais pas et je m'en fiche comme de l'an quarante, a-t-il répondu d'un ton brusque.

Ils ont échangé quelques paroles à voix basse. Jim jetait des coups d'œil dans ma direction. À un moment, il a déclaré :

— Ça n'a rien à voir avec moi. Elle fait ce qu'elle veut, elle a toujours fait ce qu'elle voulait. Ce n'est que la moitié du problème.

Et je n'ai pas pu m'empêcher de gamberger : il parlait de moi ou de Clotilde ?

Sur le chemin du retour, un mouvement de foule a manqué nous faire tomber. Jim m'a retenue par le bras mais s'est dépêché de me lâcher, comme si je l'avais brûlé, avant de se rapprocher ostensiblement de Simon. Et même si je n'avais pas prévu de larguer Hugues et de retenter ma chance avec lui, j'ai ressenti un petit pincement au cœur.

27 août

Cette nuit, je n'ai pas beaucoup dormi. En fait, ça fait des semaines que je n'ai pas cumulé huit heures de sommeil sans être réveillée par des rêves étranges. Pour couronner le tout, le sol sous mon sac de couchage était plein de bosses, il y avait plus de pierres là-dessous que dans n'importe quelle carrière. Les autres dormaient à poings fermés, du coup je me sentais encore plus solitaire et frustrée. Quand j'ai fini par m'assoupir, j'ai été réveillée peu après par un boucan d'enfer. J'ai enfilé mon jean avant de ramper hors de la tente en prenant garde de ne réveiller personne.

Je n'en croyais pas mes yeux : des hippies nus. Des bongos. Et les hippies nus frappaient comme des sourds sur les bongos. J'étais épuisée, sale et j'en avais ras la casquette.

— LA FERME ! LA FERME ! ai-je hurlé. Il est cinq heures et demie du matin !

— Mais on remercie juste la terre de nous accueillir, a répondu un type entre deux âges avec des dreadlocks et un énorme pétard à la main. Reste cool, sister.

— Vous m'avez réveillée ! Vous m'avez réveillée avec vos bongos pourris.

— Tiens, prends une taffe, a suggéré le hippie en me tendant le joint.

— Je n'en veux pas. Je veux seulement que vous fassiez moins de bruit.

— C'est toi qui fais du bruit ici, a dit une voix derrière moi.

Je me suis retournée : à quelques mètres de là, Jim m'observait d'un œil goguenard.

— J'étais là à écouter les bongos quand tu as surgi de ta tente en criant comme une malade.

— Tu ne dors pas ? ai-je demandé tandis que les tambours reprenaient.

C'était la seule réplique qui me venait à l'esprit.

— Je me suis levé tôt pour profiter des douches communes pendant qu'il n'y avait personne.

— Je tuerais père et mère pour une douche.

Jim a souri avec malice.

— C'était très agréable, cette eau chaude et ce savon. Je me sens hyper-propre. Et tu veux que je te raconte le meilleur ? Quand je me suis lavé les cheveux : la sensation du shampoing, l'eau qui évacuait la crasse, et ces bulles...

— Arrête.

— Tu as une mine affreuse, a poursuivi Jim en prenant mon visage dans ses mains. Tu n'arrives toujours pas à dormir ?

— Non, ai-je soupiré.

— Pourquoi tu n'en profiterais pas pour aller te laver pendant qu'il n'y a personne ? Ensuite j'irai acheter le petit déj'et on regardera le soleil se lever.

On ne pouvait rêver proposition plus alléchante. J'ai acquiescé.

— Allez ouste, a-t-il lancé en faisant mine de m'ébouriffer les cheveux.

J'ai réussi à éviter sa main : on aurait pu faire des frites sur mon crâne. Et puis, je contrôlais la situation tant que Jim ne me touchait pas. Dès qu'il me touchait, les ennuis commençaient.

Je n'aurais jamais cru utiliser des douches communes un jour. Du moins, pas depuis que j'avais quitté l'école et que je n'étais plus obligée de prendre part à leurs activités sportives débiles. J'ai trouvé un bloc réservé aux femmes avec des cabines et les deux autres filles que j'ai croisées semblaient aussi embarrassées que moi. Une fois sous la douche, je me suis mise à pleurer. Je ne savais même pas pourquoi. Cela étant, je pleure à longueur de temps. Il y a encore un an, on pouvait être sûr que j'y allais de ma petite larme devant n'importe quel soap à la noix. Ces dernières semaines, j'avais fait d'énormes progrès. Mais là, sous la douche, j'ai pleuré comme si j'avais le cœur brisé. J'imagine que Hugues et le stress des exams y étaient pour quelque chose, mais c'était aussi à cause de Jim qui m'attendait dehors. D'accord, il m'offrait le petit déjeuner, mais ce que je voulais vraiment de lui, il n'était pas en mesure de me le donner.

Quand j'ai émergé du bloc, la propreté me sortait par tous les pores. C'était si agréable de pouvoir porter une robe, j'avais même réussi à me raser les jambes. Jim était allongé dans l'herbe ; je l'ai poussé du pied.

— Je meurs de faim.

Il a lentement levé les yeux vers moi et j'ai

essayé de ne pas trembler tandis qu'il m'examinait des pieds à la tête.

— Dis, tu ne vas pas piquer une colère parce que ton petit déjeuner n'est pas prêt ? a-t-il demandé d'une voix où perçait l'agacement.

— Pas mon style. Tu t'es trompé de fille.

— Mmmm, tu n'imagines pas à quel point.

Il s'est mis debout et m'a prise par la taille. J'aurais pu me dégager mais son geste me semblait si naturel que je n'ai pas bougé.

— Allons-y.

On a acheté du café et des sandwichs au jambon puis on s'est installés sous un arbre pour prendre notre petit déjeuner en regardant le soleil se profiler à l'horizon. On n'a pas échangé une parole, ce n'était pas nécessaire. Un garçon avec qui on peut se taire, c'est plus difficile à trouver qu'un type capable de soutenir une conversation. Hugues utilisait le silence comme une arme mais avec Jim, c'était différent : les silences étaient agréables.

Une fois que le soleil s'est montré, il a commencé à faire super-chaud. J'ai sorti mon écran total de mon sac pour en étaler sur mes épaules. Jim m'a pris le tube des mains et s'est mis à me masser. Ses doigts s'égaraient sous les bretelles de ma robe à fleurettes, se faisaient plus caressants. J'ai retenu mon souffle quand sa main est descendue le long de ma colonne vertébrale jusqu'à la fermeture Éclair de ma robe. Il a hésité un instant avant de me rendre la crème.

— Tu ferais mieux de t'occuper du reste.

J'ai enduit mon cou et mes bras puis je me suis tournée vers lui. Son bronzage faisait ressortir le vert de ses yeux mais il avait des cernes et les traits tirés. J'aurais voulu pouvoir effacer la fatigue sur son visage.

— Je sais qu'on a eu des moments difficiles mais j'aimerais sincèrement qu'on se réconcilie pour de bon. Sache que chaque fois que j'ai refusé ton amitié, c'était pour me protéger et ne plus souffrir.

Jim s'est levé et m'a fait lever à mon tour pour me prendre dans ses bras.

— Ça n'a pas d'importance, Edie. J'ai dit et fait des choses dont je ne suis pas fier, mais je resterai toujours ton ami. Même si je me conduis souvent mal.

— C'est vrai ?

En guise de réponse, il m'a serrée un peu plus fort contre lui. Je l'ai enlacé et il a enfoui son visage dans mon cou. Je sentais son cœur battre à travers le tissu léger de sa chemise et j'ai posé la main à cet endroit. Jim s'est dégagé avec douceur.

— Si on décide de passer la journée ensemble, il va falloir établir des règles : on ne se touche pas.

J'ai fait la moue.

— C'est toi qui as commencé. Je me suis contentée de suivre le mouvement.

— Je suis sérieux. On ne se touche pas, a-t-il répété. Comportons-nous comme des amis.

— Qui a dit que je voulais passer la journée avec toi ? ai-je répondu, mi-figue, mi-raisin.

Jim m'a souri d'un air entendu.

— Arrête de râler, Edie, ou je t'envoie au stand de trance pour le reste de la matinée.

Pour finir, je me suis laissé gagner par les vibrations du festival, man. Bon, je n'ai pas acheté un de ces chapeaux idiots et je ne me suis pas fait tatouer au henné, mais j'ai réussi à voir quelques groupes avec Jim. Puis on est allés jeter un coup d'œil aux animations, on s'est gavés de frites et de hamburgers et on a laissé parler notre haine commune des jongleurs. Personne ne nous connaissait, personne ne se souciait de savoir si on était un couple ou des amis un peu particuliers. L'anonymat, c'est le pied, parfois.

Jim a respecté la règle qu'il avait établie, même quand nos mains se frôlaient et que je brûlais d'agripper ses doigts pour ne plus les lâcher. Dur de se promener sans se toucher dans la chaleur estivale, avec Jim qui me dévorait des yeux comme un affamé qui vient de repérer un Big Mac. Mon corps me pesait. Nos regards se croisaient sans cesse. Cette histoire finissait par friser le ridicule.

On est retournés à l'endroit où on avait assisté au lever de soleil et je me suis écroulée par terre, épuisée.

— La prochaine fois, s'il y en a une – et je dis bien « si » –, je prends l'avion et je reste à l'hôtel, ai-je déclaré avant de fouiller dans mon sac à la recherche de mon vernis d'urgence, histoire de rattraper mes ongles de pied.

Jim s'est affalé dans l'herbe à côté de moi,

les mains sous la nuque. J'ai fait en sorte de ne pas regarder le petit bout de ventre plat et bronzé qui dépassait de son tee-shirt.

— Tu es une fille à part, a-t-il observé, songeur, en me prenant le flacon des mains.

Il a calé mes pieds sur ses genoux pour me vernir les ongles. Je l'ai laissé faire. À quoi bon fréquenter un artiste si on ne met pas ses talents à contribution ?

— Comment ça ?

— Je n'en connais pas d'autre qui emporterait son kit de pédicure à un festival. Et qui accepterait de passer du temps avec moi, après la façon dont je me suis comporté.

— Je n'ai pas été très gentille non plus. Je t'ai balancé de sacrées horreurs.

— J'aimerais qu'on ressorte ensemble, a poursuivi Jim d'un ton désinvolte, sans lever les yeux de mes orteils. On a changé, tous les deux.

Je n'ai pas répondu, j'avais la gorge serrée. Il était sérieux ou il me la jouait « si seulement » ?

— J'y ai beaucoup réfléchi cet été. Dis quelque chose, Edie. Même si tu dois hurler.

— J'ai rompu avec Hugues.

— Je sais. Et j'ai essayé de larguer Clotilde

des milliers de fois mais elle ne veut rien entendre. Elle pique une crise et se met à tout casser.

— Cette dispute le jour du départ, ce n'était pas la première fois ?

L'idée m'avait traversé l'esprit dernièrement.

Jim a ricané.

— C'était Clotilde dans un de ses bons jours. J'en suis au stade où je n'ai plus aucun sentiment pour elle, alors rester avec elle... Mais parfois je me dis qu'on se vaut, elle et moi. Je tente de rompre, elle brise de la vaisselle et menace de tuer quelqu'un, elle, moi ou le chat. J'ai l'impression d'être retourné chez ma mère. C'est tellement névrotique comme relation, je n'ose même pas y penser.

Jim avait fini de me vernir les ongles. Je me suis rallongée en m'appuyant sur un coude pour le regarder.

— J'ai ma petite idée là-dessus. Je crois que Hugues a voulu me séduire pour te tenir à distance. Pendant que tu t'occupais de Clotilde, lui n'avait pas à se charger d'elle.

— Je crois que tu as tapé dans le mille. C'est aussi mon avis.

— Quel sac de nœuds !

— Mais la situation n'est pas irréversible ! s'est exclamé Jim avec colère. Si on ressort ensemble et qu'on assume, ils nous ficheront la paix.

— Renouer avec son ex, ce n'est jamais un bon plan.

— Je suis sorti avec Clotilde pour essayer de t'oublier. Et quand je suis avec toi, je n'ai pas l'impression de renouer avec mon ex, j'ai le sentiment d'être enfin rentré chez moi. Mon univers à moi est en noir et blanc, mais quand tu es dans les parages, je vois tout en Technicolor. Tu restes la fille la plus cool que je connaisse.

— Tu crois que ça pourrait marcher, cette fois ? ai-je demandé après une hésitation.

— Ça DOIT marcher.

Il semblait si convaincu.

— Mon cœur ne supporterait pas une autre rupture.

— Alors je t'ai brisé le cœur ? C'est drôle, tu as brisé le mien aussi.

Mais je n'avais aucune envie de rire. Je ne lui avais jamais avoué combien il m'avait fait souffrir. Et je savais que ce n'était ni le moment ni l'endroit. Mais il fallait pourtant que ça sorte tant que je pouvais encore tourner les talons.

— Alors on est à égalité, a conclu Jim.

Je l'ai dévisagé avec attention et il m'a rendu mon regard.

— Je ne veux pas retomber là-dedans. Je n'aime pas celle que j'étais devenue à cause de toi. J'en étais arrivée à me haïr et à perdre tout amour-propre, toute dignité, tout respect de moi-même. Il faut que tu le saches, je comprends pourquoi tu as agi de la sorte mais tu m'as quand même traitée comme une moins que rien.

— Je ne recommencerai pas, je te le promets.

— Je pense sans cesse à nous deux mais je me demande si on est faits l'un pour l'autre...

Et voilà. J'avais vidé mon sac. Pour une fois, j'arrivais à voir plus loin que le bout de mon nez et à garder la tête froide alors que d'habitude, Jim me faisait perdre mes moyens.

— Arrête, Edie ! s'est-il exclamé avant de me serrer si fort qu'il a failli me casser une côte. Tu dois m'accorder une seconde chance. Comment peux-tu savoir que ça ne marchera pas alors qu'on n'a même pas encore essayé ?

J'allais lui répondre que je n'avais jamais aimé d'autre que lui quand j'ai senti une ombre planer au-dessus de nos têtes (au sens littéral). En levant le nez, je me suis aperçue que Hugues et Clotilde nous observaient.

— Qu'est-ce que vous fabriquez ?

Jim s'est redressé et, obéissant à un réflexe complètement immature, je me suis caché la figure dans les mains : si moi je ne les voyais pas, peut-être ne me verraient-ils pas non plus.

— Ça crève les yeux, non ? Je discute avec ma meilleure amie, a expliqué Jim d'un ton calme.

— Cette petite peste t'a remis le grappin dessus ! a rugi Clotilde.

— Ne parle pas d'Edie sur ce ton, a répliqué Jim en se relevant.

— Mais tu l'as regardée ? Cette fille est pathétique.

Pour une fois, Clotilde marquait un point : j'étais toujours allongée par terre, le visage dans les mains.

Avec un bel effort de volonté, j'ai réussi à me lever. Je ne savais pas comment réagir. Clotilde était rouge de colère (comme ses cheveux), Jim faisait une tête d'enterrement et Hugues affichait un sourire moqueur, comme si le spectacle l'amusait beaucoup.

— Avec Jim, on a décidé de ressortir ensemble, ai-je fini par déclarer, histoire de meubler le silence.

J'ai cherché un appui du côté de Jim et il m'a pris la main. Ce geste a paru déchaîner quelque chose en Clotilde. Quelque chose de violent, de sombre et d'incontrôlable. Elle s'est tournée vers Jim.

— Je ne savais pas que les nunuches de seconde catégorie t'intéressaient. Tu n'es pas au courant ? Ça fait des mois qu'elle couche avec Hugues. Et ce n'est pas le premier.

Soudain, le décor a paru se figer autour de Clotilde. Il n'y avait plus que ses lèvres qui remuaient, et le venin qu'elle déversait. J'ai lâché la main de Jim.

— Ce n'est pas vrai.

Jim avait l'air disposé à me croire mais Hugues a pris la parole.

— C'est une pro.

Il s'adressait à Jim sur un ton complice, comme s'il s'agissait d'une conversation de comptoir.

— Je comprends que tu sois tenté, mon pote.

— Tu te venges parce que j'ai refusé de coucher avec toi ? C'est ça ?

Hugues m'a dévisagée avec un sourire narquois.

— Edie, tu sembles oublier que j'ai presque dû en venir aux mains pour te repousser.

Clotilde a lancé un regard triomphant à Jim.

— Tu vois, j'avais raison : sous ses airs de sainte nitouche, c'est une fille facile.

— Je préfère être une fille facile qu'une espèce de garce hystérique comme toi, ai-je rétorqué, oubliant de préciser que les accusations de Hugues et de Clotilde étaient totalement infondées.

— Qu'est-ce que tu viens de dire ? a-t-elle braillé.

Jim a tenté de s'interposer mais elle l'a adroitement esquivé et, comme si je n'étais que spectatrice de la scène, j'ai vu son poing s'enfoncer dans mon estomac et... Aïe, aïe, AÏE ! Pliée en deux, j'ai hurlé de douleur.

À peine consciente, Jim criait en tentant de m'agripper la main, j'ai senti une nausée soudaine m'envahir.

— Ça suffit, Clotilde, a ordonné Hugues.

Jim, lui, a serré les poings.

— Ce n'est pas moi qui ai commencé, a-t-elle répliqué avant de foncer sur moi.

J'ai fait de mon mieux pour lui échapper. Jim lui a attrapé le bras mais elle a réussi à se dégager et, après avoir empoigné mes cheveux à pleines mains, elle m'a entraînée à sa suite. J'ai dû lui coller au train, c'était ça ou me faire scalper. La scène était surréaliste. Jim et Hugues nous couraient après en suppliant Clotilde de me lâcher mais elle continuait à me traiter de voleuse d'hommes et moi, je la serrais de près pour épargner ma tignasse.

Je sais, ce n'était pas très « Buffy », comme attitude, mais les crêpages de chignons, très peu pour moi. En approchant de la file d'attente devant les toilettes, là où la foule se pressait, Clotilde a dû ralentir le pas et j'en ai profité pour planter mes ongles dans son poignet. Elle m'a lâchée avec un juron et je l'ai poussée de toutes mes forces. J'y ai mis tant de cœur qu'elle a perdu l'équilibre et qu'elle est tombée dans la fosse qui recueillait deux jours d'excréments de festivaliers, attendant d'être réutilisés comme compost.

Je n'ai pas fait de vieux os dans le coin. Imaginez, je venais de pousser quelqu'un dans un trou plein de caca. Difficile de se donner une contenance après ça. Me tenant toujours le ventre, j'ai déguerpi comme si j'avais le diable aux trousses.

De retour aux tentes, j'avais du mal à reprendre mon souffle. Les autres étaient assis autour d'un feu de camp, en pleine session de percus avec les joueurs de bongo. Ça leur a fait un choc de me voir débarquer à toute allure en titubant sous la douleur. Je suis demeurée un bon moment à haleter pendant qu'ils me regardaient, médusés.

— Ça va ? a fini par demander Simon.

— Oui, oui, ai-je balbutié.

Inutile d'entrer dans les détails. Trop compliqué.

— Mais... euh, je crois que je vais rentrer chez moi.

— Ce n'est pas possible, Edie, a protesté Atsuko. Il nous reste encore deux jours.

— Non, je pars.

Je suis tombée à genoux en essayant de surmonter ma nausée.

— Vous ne comprenez pas, je ne peux pas rester ici. Paul, pourrais-tu me conduire à la gare la plus proche ? S'il te plaît. S'il te plaîîît.

— Pourquoi dois-tu absolument rentrer ? a demandé Alice en se levant pour me rejoindre.

Elle paraissait inquiète. Elle a fait le geste de me prendre par l'épaule mais j'ai reculé.

— Je ne veux pas gâcher votre séjour, ai-je bredouillé. Je me fatigue moi-même, alors vous devez en avoir ras la casquette de mes petites histoires. Clotilde et Hugues ont raconté à Jim... ils lui ont dit... je ne peux pas rester ici.

Je suis allée me réfugier dans ma tente et j'ai commencé à jeter pêle-mêle mes affaires dans mon sac. Je percevais des bribes de conversation au-dehors mais je n'y ai pas prêté attention. Deborah m'attendait devant la tente, je distinguais sa silhouette. Alors, avec mille précautions, j'ai soulevé les piquets qui retenaient la toile de l'autre côté et je me suis glissée en dessous avec mon sac à dos. Puis j'ai pris la fuite avant que quelqu'un puisse me rattraper.

Oubliez ce que j'ai raconté un peu plus haut concernant la nouvelle Edie, celle qui a réussi à vaincre son émotivité : en regagnant la petite route qui menait à l'entrée du festival, j'ai pleuré comme jamais je n'avais pleuré auparavant. C'est drôle, quand vous versez des larmes en public, les gens vous regardent d'un air horrifié mais ne vous demandent jamais ce qui cloche. Ces hippies soi-disant « peace and love » n'appliquaient même pas leurs principes ! Je vacillais sous le poids de mon sac à dos en pleurant comme un veau et en me tenant le ventre à deux mains, mais personne n'est venu me proposer de l'aide. De toute façon, je les aurais envoyés tous promener s'ils l'avaient fait. Mais ce n'est pas une raison.

Une fois dans la campagne, j'ai suivi la route en espérant que je me dirigeais vers la ville la plus proche. J'ai dû m'asseoir un moment sur le bas-côté pour me calmer : j'étais au bord de la crise d'hystérie. J'avais le souffle entrecoupé de sanglots, mes forces m'abandonnaient, et puis je craignais que le coup de poing de Clotilde n'ait entraîné une hémorragie interne : je souffrais assez pour me faire un incroyable cinéma. J'ai commencé à m'imaginer qu'un fermier me découvrirait morte dans un fossé, qu'on diffuserait mon nom à la radio, jusqu'en Floride, et que mes parents devraient rentrer en catastrophe pour me faire enterrer. Clotilde serait condamnée pour meurtre, emprisonnée à vie et deviendrait l'esclave des autres détenues. Sur quoi mes pleurs ont redoublé.

« Reprends-toi, Edie, me suis-je admonesté avec sévérité. Respire et réfléchis. » J'ai réussi à retrouver mon calme puis j'ai enfilé une paire de tennis avant de me remettre en marche.

Je ne sais pas ce que j'essayais de prouver en prenant la fuite. Je n'avais qu'une certitude, il fallait que je rentre chez moi. C'était fichu avec Jim, jamais il ne voudrait de moi, après ce qui s'était passé. Il devait penser que j'étais la reine des nulles. Et puis Clotilde allait me trucider si elle mettait à nouveau la main sur moi. Quant à Hugues, j'espérais bien ne plus jamais croiser ce minable de première classe.

La nuit tombait. Je marchais depuis près d'une heure mais les champs semblaient s'étendre à l'infini. Pas la moindre trace de civilisation.

Pendant un bref moment, j'ai songé à faire du stop, mais avec ma chance, j'allais tomber sur un serial killer et j'avais déjà suffisamment d'ennuis comme ça. J'étais à deux doigts de céder à la panique quand j'ai entendu le bruit d'un moteur derrière moi. Je me suis rapprochée du fossé mais le véhicule a ralenti. Je me suis retournée en me protégeant les yeux de la lumière des phares et j'ai reconnu le van du café. Mon cœur s'est emballé. Jim était venu me chercher ! Mais c'est la tête de Hugues qui est apparue à la vitre. L'air excédé, il m'a ordonné de monter.

— Dégage, ai-je crié en accélérant le pas.

Hugues roulait à faible allure pour rester à ma hauteur.

— Monte, Edie, a-t-il rugi. Il fait nuit, c'est dangereux pour une fille seule.

— Qu'est-ce que ça peut te faire ? C'est un peu tard pour jouer les petits amis inquiets.

— Si tu ne montes pas dans ce fichu van, c'est moi qui descends te chercher, a-t-il menacé, la voix tremblante de rage.

Le choix était rude : soit continuer à marcher, alors que j'étais complètement paumée en pleine campagne, soit monter dans ce van avec un ex très énervé. C'était choisir entre la fièvre et le choléra... Avec un soupir exaspéré, j'ai balancé mon sac à l'intérieur du van, manquant de peu la tête de Hugues, et je suis montée. Il s'est penché pour fermer la portière avant de remettre le contact.

— J'ai mieux à faire que courir après les écervelées dans ton genre.

— Tu es mal placé pour me reprocher quoi que ce soit, ai-je répliqué avec colère. Je refuse de t'adresser la parole, contente-toi de me déposer à la prochaine gare.

— La ville la plus proche est à quinze kilomètres dans la direction opposée. Je te ramène au festival.

— Hors de question.

— Cause toujours.

J'ai commencé à secouer la poignée de la portière. J'étais hors de moi.

— Si tu me ramènes là-bas, je descends. Même si je dois sauter en marche.

— C'est bon, a répondu Hugues avec un soupir à fendre l'âme. Écoute, je ne peux pas faire demi-tour ici, je vais continuer jusqu'à la prochaine aire de stationnement et...

— Parfait. Maintenant, ferme-la.

On a roulé en silence. Serrant mon sac contre ma poitrine, je regardais défiler les champs sombres par la vitre. Mais au bout d'un moment, bien entendu, je n'ai pas pu m'empêcher de la ramener.

— Pourquoi ? Pourquoi fais-tu ça ?

Hugues m'a lancé un regard amusé.

— Quoi ?

— Toutes ces manigances. Faire semblant de t'intéresser à moi. Draguer Pénélope et Grace. À propos de Grace, c'était vraiment cruel de ta part et limite légal. Et tes petits jeux tordus pour me fourrer dans ton lit. Pourquoi ?

Et Hugues, au lieu de me balancer un de ces faux arguments dont il a le secret, a éclaté de rire. Un rire moqueur et cruel qui semblait se répercuter sur les parois du van.

— Ce que tu peux être naïve, Edie ! Tu crois qu'il faut toujours une raison. Peut-être que j'ai agi ainsi parce que je ne suis pas quelqu'un de très recommandable.

— Non, ce n'est pas ça. Admets au moins que tu as tout fait pour nous séparer, Jim et moi, afin qu'il surveille Clotilde à ta place.

— OK, je te l'accorde. Certains la trouvent parfois difficile à gérer ; en réalité, elle est complètement cinglée. Mais pour le reste, Edie, c'était juste pour prendre mon pied. Essayer de te faire enlever tes vêtements n'était pas le plus désagréable.

Ma tête était sur le point d'exploser. J'avais l'impression d'être dans *Austin Powers*, avec Hugues dans le rôle de l'acolyte du Dr Evil.

J'allais ouvrir la bouche pour poser une question ; Hugues m'a devancée :

— Non, avant que tu me le demandes, je n'ai pas eu une enfance traumatisée. J'aime manipuler les gens. J'espère toujours que je rencontrerai quelqu'un d'assez intelligent pour me percer à jour mais vous êtes plus stupides les uns que les autres.

— Pourquoi es-tu venu me chercher ?

— Où se trouve Jim, ton chevalier servant, tu veux dire ? Pendant que tout le monde s'affolait et courait à droite et à gauche pour te retrouver, j'ai pensé que ce serait drôle de mettre la main sur toi avant les autres. Mais tu n'es pas marrante, Edie. Tu ne joues plus, c'est ça ?

— Désolée, Hugues. J'ai du mal à trouver la situation désopilante.

Hugues s'est remis à rire.

— Tu sais ce qui m'amuse le plus dans cette histoire ?

— Je suis sûre que tu vas me l'expliquer dans le détail.

— Jim et toi, vous êtes faits l'un pour l'autre. Regardez-vous donc : « Ooooh non, Jim, il ne faut pas, notre amour est impossible, nous sommes les Roméo et Juliette de Manchester. »

— N'importe quoi.

— Vous êtes pathétiques. Si vous vous aimiez vraiment, vous ne laisseriez pas des principes idiots dicter votre conduite.

Il me décochait ses flèches, une à une. Il n'avait pas tort. J'étais pathétique. J'avais perdu tellement de temps à chercher des raisons de rester avec lui que j'avais nié l'évidence, à savoir que c'était un salaud et un détraqué, et que si j'avais voulu de Jim, il m'aurait suffi de lui tendre la main.

— Oh, non, tu ne vas pas pleurer, Edie ? a demandé Hugues d'un ton faussement inquiet Autant te prévenir tout de suite, ça ne prend pas avec moi.

C'est alors que j'ai aperçu un panneau au bord de la route qui indiquait : Hôtel du Manoir, 50 mètres.

— Tourne à gauche, ai-je décrété.

Comme Hugues ne m'écoutait pas, j'ai imité le héros dans les mauvais films d'action : j'ai empoigné le volant et j'ai fait faire une grande embardée au van. Hugues m'a repoussée d'une main.

— Tu veux nous tuer, espèce d'idiote ? a-t-il braillé.

— Si tu ne tournes pas, je saute.

Hugues a juré entre ses dents avant d'engager le van dans l'allée qui menait au parking.

L'Hôtel du Manoir n'aurait pas détonné dans un film en costumes. Le bâtiment possédait des fenêtres à petits carreaux et des tourelles. Je n'aurais pas été étonnée de voir déambuler des paons sur la pelouse.

— Oh, la jolie petite auberge, a ironisé Hugues en ouvrant sa portière

L'hôtel était sans doute trop cher pour mes maigres moyens, mais je supposais qu'on me laisserait appeler un taxi. Je me suis dirigée vers l'entrée où un larbin en uniforme m'a tenu la porte. Hugues m'a prise par le bras.

— Allez, Edie, arrête ton cinéma. Remonte dans le van, je vais te déposer en ville...

— Va-t'en, ai-je marmonné.

Et comme il essayait de m'entraîner de force vers la sortie, j'ai repris :

— Si tu continues, je hurle.

À ma tête, Hugues a compris que je ne plaisantais pas. Puis il a jeté un œil du côté du portier qui le considérait d'un air suspicieux.

— OK, a-t-il répondu d'un ton mielleux. Si tu veux rester ici, je m'incline.

Je ne sais pas à quoi je m'attendais en pénétrant dans le hall. À voir des tas de gens snobs couverts de diamants. Au lieu de quoi, il y avait de jolis garçons et des filles branchées dans tous les coins. J'avais l'impression d'arriver en coulisses après un concert. Ce n'était pourtant pas le moment de me demander si c'était Jack White des White Stripes qui commandait une tournée au bar.

Pas avec Hugues qui me serrait le poignet comme un étau. Je me suis dirigée vers la réception pour m'enquérir d'un téléphone. Avant que j'aie pu prononcer un mot, la réceptionniste m'a accueillie avec un sourire chaleureux. Première surprise : je ne ressemblais pas à une cliente potentielle de l'Hôtel du Manoir et encore moins à une rock star. J'avais l'air d'une fille de dix-huit ans qui en a bavé pendant trois jours. J'ai été encore plus étonnée quand elle m'a adressé la parole.

— Bonjour, mademoiselle, c'est la maison de disques qui vous envoie ?

— Euh... non.

— Combien c'est, la chambre ? a interrogé Hugues avec brusquerie.

Elle lui a jeté un regard noir avant de se tourner vers moi avec un sourire contrit :

— L'hôtel est pratiquement complet. Beaucoup de gens de l'industrie du disque ont fait le déplacement pour le festival.

Bon, j'avais d'abord pensé lui demander le numéro d'une compagnie de taxis mais en y réfléchissant, l'Hôtel du Manoir pouvait m'offrir beaucoup mieux : une revanche. Je me suis mordu les lèvres jusqu'au sang, histoire de me faire monter les larmes aux yeux pendant que la réceptionniste vérifiait sur son ordinateur.

— Il ne me reste plus que la suite lune de miel qui coûte 650 livres la nuit, petit déjeuner compris.

Hugues a soupiré bruyamment, l'air de dire : « Pas question. »

— Bon, Edie, on y va...

J'ai éclaté en sanglots.

— Paie avec ta carte de crédit, ai-je hoqueté tandis que les gens se retournaient pour nous dévisager. C'est la moindre des choses après la façon odieuse dont tu m'as traitée.

Hugues a commencé à s'agiter, le visage cramoisi.

— Arrête, Edie. Tu me fais honte.

J'ai sangloté de plus belle.

— Tu as essayé de coucher avec toutes mes copines et maintenant tu ne veux même pas me payer une nuit d'hôtel.

J'ai regardé la réceptionniste à la dérobée. Elle m'a fait un clin d'œil presque imperceptible avant de toiser Hugues avec mépris.

— OK, OK, a-t-il aboyé en cherchant son portefeuille dans sa poche.

Il a jeté sa carte de crédit sur le comptoir de la réception.

— Je vais payer. Maintenant, tu veux bien cesser de brailler ?

À la seconde où la réceptionniste s'est emparée de sa carte, j'ai séché mes larmes et je me suis tournée vers lui :

— Dis-lui d'ajouter cent livres pour les extra.

J'ai faim et je dois passer un coup de fil longue distance.

Hugues m'a jeté un regard haineux mais il a obéi. J'ai attendu que la réceptionniste me donne la clé de ma chambre puis j'ai ramassé mon sac et je me suis dirigée vers le bar. D'abord un Coca light, ensuite me débarrasser de Hugues.

Je me suis plantée à côté de Brody, la chanteuse des Distillers, en attendant d'être servie. J'ai essayé de prendre une pose nonchalante alors que des gens qui figuraient en couverture de mes albums me regardaient d'un drôle d'air. Ce n'est pas tous les jours qu'on a l'occasion de piquer une crise terrible devant Kelly Osbourne – j'ai dû lui apprendre un ou deux trucs, je crois. J'ai repéré une chaise libre au milieu d'un groupe, apparemment des rappeurs américains (je supposais qu'avec cette foule autour de moi je serais plus en sécurité), et j'ai siroté mon verre en mûrissant un plan.

Mais Hugues est venu poser une fesse au bord de mon siège et m'a enlacée.

— J'ai l'impression d'avoir passé la journée à te courser, a-t-il déclaré d'un ton désinvolte. Tu voulais te débarrasser de moi, pas vrai ?

— Tu es perspicace.

— Je dois avouer que ta petite scène à la réception m'a beaucoup impressionné. Je ne savais pas que tu possédais un tel talent. Je commence à me demander si je n'ai pas raté quelque chose.

— De quoi tu parles ? ai-je demandé avec lassitude.

— De toi ! Quelle passion ! Et quelle roublardise ! Je me suis peut-être trompé sur ton compte. Tu es une fille comme je les aime.

— Arrête ton numéro, Hugues.

— Mais reconnais-le, Edie, a poursuivi Hugues comme s'il ne m'avait pas entendue. J'ai bien failli t'avoir. Cinq minutes de plus dans cette tente et tu aurais perdu ta précieuse virginité.

— Et c'est alors que Pénélope est venue me sauver de la catastrophe. C'est ça, Hugues, je m'étais fait piéger en beauté, tes manigances avaient fonctionné à merveille. Tu excelles dans l'art de la fourberie, ça ne fait aucun doute. Maintenant, est-ce que tu peux me ficher la paix ?

— Je ne bouge pas d'ici, a répondu Hugues

en me prenant par le col. Je viens de débourser 750 livres pour profiter de ta compagnie.

J'ai essayé de me dégager mais sans succès.

— Tu crois vraiment que je vais monter dans cette chambre avec toi ? Tu rêves ! En plus, c'est moi qui ai la clé.

Hugues allait se lancer dans un de ses raisonnements tordus qui ne reposaient sur aucune logique quand un gros Américain assis juste à côté de moi, qui avait écouté notre conversation avec un intérêt manifeste, m'a donné un coup de coude. J'ai levé vers lui des yeux pleins d'espoir. Je m'attendais au classique : « Est-ce que ce type t'embête ? », au lieu de quoi, il m'a dit : « Je crois que ton téléphone sonne, chérie. »

Je l'ai considéré d'un air hébété avant de me souvenir que j'avais laissé mon portable dans mon sac à dos. Pendant tout ce temps, j'avais eu un téléphone à portée de main ! J'ai repoussé le bras de Hugues pour fouiller dans mon sac. Quand j'ai réussi à mettre la main sur l'appareil, la sonnerie s'était arrêtée mais le dernier appel enregistré provenait d'Alice. Je l'ai rappelée.

Elle a répondu à la première sonnerie.

— Edie ?

— Alice !

— Tu vas bien ?

J'ai jeté un regard haineux à Hugues mais il n'a pas bougé d'un pouce.

— Oui, ça va. Je suis désolée d'être partie sans prévenir.

— Aucune importance. Appelle Jim, il est parti à ta recherche. Il avait l'intention de trouver un taxi.

— Il est fâché contre moi ?

— Non, seulement inquiet. Si Hugues est avec toi, il ferait mieux de déguerpir. Jim lui en veut à mort. Je ne l'ai jamais entendu prononcer autant de mots commençant par M et par P.

— Oh.

— Je te vois quand ?

— Demain. Hé, Alice ?

— Quoi ?

— Devine qui se trouve à deux mètres de moi en ce moment même ?

— Aucune idée.

— Jack White ! Qui dit mieux ?

— Edie, tu as pris de la drogue ?

— Je te raconterai demain.

J'ai raccroché puis j'ai cherché le numéro de Jim dans mon répertoire.

— C'était ta petite copine Alice ? a raillé Hugues. Elle se demande qui s'est fait la malle avec le van ?

— Arrête un peu, on dirait un acteur de second rôle dans un mauvais film de gangsters. J'appelle Jim.

— Ouh, j'ai peur, a répliqué Hugues avec un sourire moqueur tandis que je pressais la touche appel.

Jim a décroché presque aussitôt.

— Salut, ai-je dit après une hésitation.

— Où es-tu ? Tu vas bien ?

— Je suis à l'Hôtel du Manoir.

J'ai entendu Jim s'adresser à quelqu'un.

— Jim ?

— Je suis dans un taxi. J'arrive dans dix minutes, ne bouge pas.

— OK, mais Hugues est là et il... Je n'arrive pas à m'en débarrasser.

Visiblement, mon explication a beaucoup amusé Hugues.

— Il t'a fait du mal ?

— Qu'il essaie ! Mais... fais vite, d'accord ?
— Je...
J'ai entendu un bip et on a été coupés. Ma batterie était déchargée. Je me suis levée, Hugues sur les talons.
— Où tu vas, ma belle ?
— Jim est en route, il est fou de rage contre toi, ai-je déclaré avec satisfaction. Tu ferais mieux de disparaître avant que ça se gâte grave.
Hugues n'a pas semblé s'émouvoir.
— Je n'ai pas peur de lui. Il n'a pas inventé la poudre, celui-là.
— Mais tu vas t'en aller, oui ?
— Rends-moi mes sous et je m'en irai.
— Je ne les ai pas... Sans compter que tu me dois bien ça.
— Pourquoi ? Pour services rendus ? Que dalle !

J'étais coincée. Si je montais dans ma chambre, Hugues m'y suivrait. Il avait décidé d'être odieux jusqu'au bout, il ne me lâcherait pas et je n'étais pas sûre de pouvoir contrôler la situation. Il avait des gestes déplacés, il me tripotait le bras avec le plus grand naturel. Mais si je restais en bas parmi les clients de l'hôtel et que Jim lui saute à la gorge en arrivant, on nous mettrait sans doute à la porte aussi sec. J'envisageais de chercher refuge aux toilettes pour dames quand Jim a fait irruption dans le hall.

Il avait l'air dans un sale état : les yeux cernés, le teint cendreux, les cheveux ébouriffés comme si, de désespoir, il avait tenté de se les arracher à pleines mains.

Il a parcouru la salle d'un regard fiévreux avant de se précipiter vers moi.

— Edie ! s'est-il exclamé en me caressant la joue. J'étais fou d'inquiétude. Pourquoi tu t'es enfuie comme ça ?

— J'ai pensé que c'était la meilleure solution, ai-je répondu d'un ton piteux. Après ce qu'avait raconté Clotilde...

Ma voix s'est brisée.

Jim m'a secouée doucement.

— Comme si j'allais croire à ces bobards ! Tu plaisantes, j'espère !

Hugues a toussé derrière nous.

— Désolé d'interrompre ces touchantes retrouvailles, mais Edie et moi, on était sur le point de monter à l'étage. Elle m'a obligé à réserver une chambre et, bon, tu sais ce que c'est...

Jim a fait mine de se jeter sur Hugues mais je me suis interposée.

— Bon, on ferait mieux d'aller régler ça ailleurs, ai-je suggéré.

Je me suis dirigée vers l'ascenseur en retenant toujours Jim par son tee-shirt pour m'assurer qu'il ne commettrait pas d'impair.

Hugues a haussé les épaules et nous a suivis

Dans l'ascenseur, l'ambiance était hypertendue. Je me suis retrouvée entre Hugues et Jim qui se regardaient en chiens de faïence. Il m'a semblé qu'une éternité s'était écoulée entre le moment où les portes se sont fermées et l'arrivée au cinquième étage.

— C'est la chambre 507, ai-je déclaré distraitement en foulant la moquette épaisse du couloir.

Jim a eu un petit sourire.

— C'était le numéro de ta chambre à Paris.

Hugues a éclaté d'un rire moqueur et Jim s'est arrêté net.

— Toi, je t'ai assez vu.

Le ton de sa voix m'a fait froid dans le dos.

— C'est réciproque. Cependant, j'ai payé cette chambre une fortune : soit vous me remboursez, soit vous irez dormir dans le van.

Là, Hugues marquait un point. Jim semblait partager cette opinion, mais Hugues n'a pas pu s'empêcher d'ajouter :

— Je me contenterai toutefois de 500 livres si tu me laisses Edie en échange.

J'ai eu à peine le temps de reculer : en un éclair, Jim a poussé Hugues contre le mur et lui a décoché un coup de poing dans la mâchoire.

Je ne sais pas lequel, de Hugues ou de Jim, a été le plus surpris. Ils sont restés immobiles quelques instants puis Hugues s'est jeté sur Jim et ils ont roulé à terre. Je suis demeurée là, impuissante, pendant qu'ils se bagarraient. Enfin, Jim a réussi à clouer Hugues au sol et s'est mis à le rouer de coups. C'était horrible. Comme dans un documentaire que j'ai vu récemment à la télé, intitulé *Combats d'ours*, sauf que là, c'était d'étudiants en art qu'il s'agissait.

— Arrêtez ! ai-je crié en retenant Jim. Ça suffit, vous deux !

Je suis parvenue à les séparer en les attrapant chacun par une oreille. J'ai pincé jusqu'à ce qu'ils s'immobilisent. Jim s'est levé au prix d'un gros effort tandis que Hugues restait étendu sur le sol, la bouche en sang.

— Je crois que tu m'as cassé le nez, a-t-il gémi.

— Tant mieux, a répliqué Jim en massant sa joue qui commençait à saigner à l'endroit où Hugues l'avait griffé avec sa chevalière. Tu ferais bien de déguerpir sinon je te casse aussi les jambes. Et si tu prends le van, j'appelle la police pour leur signaler un vol. Maintenant, dégage. Et si jamais tu t'approches encore d'Edie, je te tue.

Pour une fois, Hugues n'a rien trouvé à répondre. De mon côté, j'essayais aussi de recouvrer l'usage de la parole mais Jim ne m'en a pas laissé le temps : il m'a prise par la main et m'a entraînée dans le couloir.

À la minute où on a franchi le seuil de la chambre, toute l'adrénaline est retombée : la tête basse, Jim s'est dirigé vers la salle de bains en titubant. Je l'ai entendu vomir peu après.

Je l'ai trouvé agenouillé devant les toilettes ; je me suis baissée pour lui caresser le dos.

— Hé, Jim ? C'est fini. Le méchant Hugues a perdu : tu as sauvé le monde et rétabli la démocratie.

Jim s'est essuyé la bouche du revers de la main avant de s'asseoir par terre.

— C'était censé être ma réplique, a-t-il répondu avec un pauvre sourire. Quelle émotion, hein ?

— Tu l'as dit ! Tu devrais prendre un bain et manger un morceau... Je... je vais m'en occuper.

J'ai quitté la pièce parce que les événements de la dernière heure m'avaient retournée au point que j'allais péter les plombs si je restais une seconde de plus.

Je me suis blottie dans le lit et j'ai d'abord pensé appeler la Mère Supérieure, puis je me suis ravisée : à la minute où j'entendrais sa voix, je redeviendrais une gamine de trois ans. Alors j'ai téléphoné au room service pour commander du Coca light et de quoi manger. Ensuite, j'ai passé un coup de fil à Alice pour la rassurer : on avait évité la catastrophe.

Entre-temps, Jim était sorti de la salle de bains. Il semblait avoir repris le contrôle de lui-même. J'ai allumé la télé et j'ai commencé à zapper : d'accord, j'étais traumatisée, mais ils avaient le câble avec les chaînes cinéma. Jim s'est assis au bord du lit, le plus loin possible de moi. Il ne portait que son jean. J'ai contemplé les muscles de son dos tandis qu'il se séchait les cheveux avec une serviette. Pas étonnant que je me sente si nerveuse : Hugues, c'était de l'histoire ancienne mais le présent, c'était Jim et moi, dans cette chambre d'hôtel. La vue de son torse et son jean qui tombait sur ses hanches... Il me suffisait de tendre la main pour toucher sa peau...

D'un bond, je me suis levée du lit et j'ai ramassé mon sac. Jim m'a dévisagée d'un air surpris.

— Je vais prendre un bain, ai-je expliqué, sur le même ton que si j'avais dit : « Un avion va s'écraser sur l'hôtel. »

— Tout va bien ? a demandé Jim en me scrutant comme si j'étais devenue dingue.

J'ai presque hurlé :

— Oui ! Le dîner arrive, reste ici.

Et je me suis ruée vers la salle de bains.

Je barbotais depuis dix minutes lorsqu'il a frappé à la porte.

— Tu es sûre que tout va bien ? a-t-il demandé à travers la cloison.

— Interdit d'entrer !

— Je sais.

J'ai entendu comme un rire étouffé.

— Le dîner est servi. Ils ont apporté du champagne comme on est dans la suite lune de miel.

— Sympa, ai-je répondu distraitement.

— Je peux te faire la conversation, si tu veux, a suggéré Jim du même ton amusé.

— OK.

Je n'aurais jamais cru qu'un jour j'aurais une discussion avec Jim alors que j'étais nue comme un ver. La situation me paraissait indécente malgré la porte qui nous séparait. Je lui ai raconté ce qui s'était passé avec Hugues ; de son côté, il m'a appris que Clotilde, une fois sortie de la fosse, l'avait poursuivi jusqu'au campement mais il était plus que jamais déterminé à la semer vu qu'elle puait à dix kilomètres à la ronde. Après s'être changée, elle avait jeté ses vêtements sales dans le feu de camp et exigé de Hugues qu'il la dépose à la gare.

— Il m'a raconté qu'il avait pris le van sans que personne s'en rende compte.

— Et c'est la vérité. On croyait que tu étais restée sur le site. Pénélope s'est aperçue bien plus tard que tu avais emporté ton sac à dos.

— Tu me connais : d'abord on agit, ensuite on réfléchit.

Jim s'est esclaffé.

— Pourquoi tu rigoles ?

— C'est juste l'expression de Clotilde quand tu l'as poussée et qu'elle a compris où elle allait atterrir, m'a-t-il expliqué entre deux gloussements.

J'ignorais que Jim pouvait glousser.

— Elle l'a bien mérité.

— Au fait, comment va ton ventre ?

J'ai baissé les yeux sur l'énorme bleu qui ornait mon estomac.

— C'est un peu douloureux. Comment sait-on qu'on n'a pas d'hémorragie interne ?

Il y a eu un silence puis Jim m'a répondu d'un ton si provocant que j'ai rougi jusqu'aux oreilles :

— Il va falloir que je jette un coup d'œil.

J'ai plongé la tête sous l'eau, là où je ne serais pas obligée de réfléchir aux implications de ces dernières paroles.

Je venais de rincer l'après-shampoing quand Jim a frappé à la porte.

— Tu t'es noyée ou quoi ?

— Je sors dans cinq minutes.

D'un côté, j'aurais voulu passer le reste de la nuit dans cette salle de bains mais de l'autre, j'avais envie de me jeter au cou de Jim. Contradiction, c'est mon deuxième prénom.

J'ai enfilé un bas de pyjama à pois roses et un cardigan noir, les seuls vêtements propres qu'il me restait, et je me suis décidée à sortir.

Jim était étendu à plat ventre sur le lit, toujours torse nu. Il sirotait une coupe de champagne.

Il m'a fait un sourire nonchalant.

— Salut, toi.

— Salut, ai-je répondu en remontant mon pyjama sur mes hanches.

Jim m'a lancé un regard insistant.

— Besoin d'un coup de main ?

— Juste un problème d'élastique, ai-je grommelé.

J'ai contourné le lit avec précaution. Je pourrais m'asseoir dans un fauteuil, peut-être ? Et même y dormir, pourquoi pas ? Mais Jim m'a fait signe de m'installer sur le lit, et je dois avouer que sa proposition me tentait beaucoup. Lui aussi, d'ailleurs, me tentait beaucoup.

— Allez, je ne mords pas.

Puis, après une courte pause :

— À moins que tu me le demandes, bien sûr.

— Arrête de jouer les... les séducteurs ! ai-je répondu avec humeur en m'allongeant à distance raisonnable de lui.

Il a rapproché la table roulante sur laquelle étaient disposés les plats.

— Tu as faim ?

J'ai réfléchi un moment. C'était soit manger, soit s'embrasser. Mais au fait, est-ce qu'on allait s'embrasser ? On en était arrivés au stade où ce type de rapprochement était incontournable.

— Il y a des frites, a poursuivi Jim d'une voix câline. Elles sont encore chaudes.

J'ai rampé de son côté pour inspecter le dîner puis, assise en tailleur, j'ai mangé des frites en buvant du champagne. Quelle décadence ! Jim m'a regardée faire passer ma dernière bouchée avec le reste de ma flûte.

— Bon, maintenant que tu as fini de manger, qu'est-ce qu'on fait ? a-t-il demandé.

Je n'ai pas pu m'empêcher de jeter un coup d'œil à son torse nu.

Je me suis allongée près de lui – mais pas trop – et j'ai essayé de dormir. Mission impossible. Lentement mais sûrement, nos corps se rapprochaient. Puis nos mains se sont frôlées et j'ai ressenti comme une décharge électrique.

Alors je me suis jetée dans ses bras. Il m'a laissée me blottir contre son épaule ; j'aurais voulu me fondre en lui. Je l'ai couvert de baisers : son front, ses paupières, ses joues, puis sa lèvre inférieure que j'ai commencé à mordiller.

Là, il a réagi. Soudain, il était sur moi et m'embrassait à pleine bouche.

On a échangé de longs baisers langoureux comme des après-midi d'été. Mais bientôt, la tendresse a fait place à quelque chose de très différent D'un coup, tout allait plus vite, plus fort

On s'est retrouvés par terre et on s'est débarrassés de nos vêtements en essayant de ne pas se décoller l'un de l'autre. Jim a promené sa main sur mon corps.

— Tu es à moi. Rien qu'à moi. Je t'ai toujours aimée, même quand je croyais t'avoir perdue.

— Je t'aime aussi, ai-je répondu en lui caressant le visage.

Ces mots avaient un écho étrange, je ne les avais jamais prononcés à voix haute et ils signifiaient tant pour moi.

— C'est en arrivant à Paris que j'ai cessé de te considérer comme un simple béguin...

Jim a repoussé une mèche de mon visage.

— On n'est pas obligés, si tu n'en as pas envie.

J'ai posé un doigt sur ses lèvres.

— Si, mais, tu sais, je suis toujours... C'est la première fois. Je ne l'ai jamais fait, pas même avec Hugues. Je crois que j'ai toujours voulu que ce soit toi.

Jim a souri.

— Moi aussi, je voulais que ce soit moi. Je serai doux, promis.

En me glissant sous les couvertures, je me suis demandé pourquoi je ne paniquais pas comme avec Hugues, et j'ai compris : c'était le bon endroit, le bon moment, et, sans le moindre doute, la bonne personne.

Jim a paru hésiter avant de me rejoindre dans le lit.

— Edie ?

— Mmmm ? ai-je répondu, rêveuse, en lui effleurant le dos.

Jim a pris ma main et l'a embrassée.

— Tu n'aurais pas... Je n'ai pas de préservatifs, a-t-il expliqué avec un sourire gêné.

— Dans mon sac à dos, ai-je murmuré. Je dois en avoir emporté au moins une cinquantaine.

Je me suis mise à glousser.

— Qu'est-ce qui te fait rire ?

Jim a manqué basculer hors du lit en essayant de tirer mon sac vers lui.

— Quand je les ai achetés, je n'aurais jamais cru que je les utiliserais dans une chambre comme celle-ci, avec TOI !

— Je suis content que ce ne soit pas avec Hugues.

J'ai fait la moue.

— Si tu essaies de gâcher la magie du moment, tu es en bonne voie.

Jim m'a souri avec malice.

— Tu es très sexy quand tu boudes. Autant dire quasiment tout le temps.

— Oh, tais-toi.

Alors il m'a embrassée à m'en faire perdre le souffle. Et quand c'est arrivé, il m'a serrée contre lui en me murmurant des mots tendres à l'oreille. Il n'arrêtait pas de me toucher comme s'il s'étonnait que je sois là, à ses côtés. Après, il m'a prise dans ses bras et m'a embrassée sur le front en me chuchotant qu'il m'aimait.

Quand je me suis réveillée, les premiers rayons de soleil filtraient à travers les rideaux. Jim dormait, un bras autour de ma taille. Je suis restée étendue une minute sans bouger en essayant de ne pas gamberger. Peine perdue. J'avais trop de choses en tête et une furieuse envie d'aller aux toilettes.

À peine sortie du lit, j'ai cherché un vêtement à me mettre sur le dos. OK, j'avais eu un rapport sexuel (oh ! là là, un rapport sexuel, moi !) mais je n'étais pas encore prête à me balader les fesses à l'air. J'ai enfilé le tee-shirt de Jim avant de me précipiter dans la salle de bains.

En me lavant les mains, j'ai inspecté mon visage dans le miroir. C'était la même Edie. Avec la même frange qui ne voulait pas rester en place, les mêmes yeux bleus, les mêmes taches de rousseur, la même bouche boudeuse. Je me souvenais de ces livres dans lesquels l'héroïne, après avoir perdu sa virginité, va se contempler dans la glace et s'aperçoit qu'elle est devenue une femme. Ben non. J'étais restée la même. J'étais juste légèrement fébrile, point. Au moment clé, je m'étais sentie très proche de Jim : un sentiment d'intimité à la fois merveilleux et un peu effrayant. J'ai regagné le lit en bâillant et Jim m'a attirée contre lui avec un soupir.

— Tu t'es rhabillée ? a-t-il gémi d'une voix ensommeillée.

— Je t'ai piqué ton tee-shirt.

J'ai hésité un instant entre la pudeur et le plaisir de sentir son corps contre le mien. Le plaisir l'a emporté.

— C'est mieux, a commenté Jim qui semblait à présent bien réveillé.

Il a embrassé mon épaule.

— Tu m'as manqué.

— J'ai seulement été à la salle de bains.

— Non, je voulais dire : tu m'as manqué quand on était séparés. Ton sourire, tes taches de rousseur et tes petites phrases... Toi, quoi.

— Tu m'as manqué aussi, mais j'ai toujours su qu'on ressortirait ensemble un jour.

— Et hier soir ? a demandé Jim en m'enlaçant. Tu n'as pas eu mal, si ?

— Non, ça s'est bien passé. Ce n'est pas ce que je m'étais imaginé.

Jim s'est rembruni.

— Après, ça s'améliore. J'ai essayé d'y aller doucement.

J'ai souri.

— Tu ne m'as pas comprise.

J'ai suivi le contour de ses lèvres avec mon doigt. Que c'était bon de l'avoir rien que pour moi, de pouvoir le toucher à nouveau !

— C'est bizarre, non ? Le sexe, je veux dire. Quel drôle de truc !

Jim a ri avant d'ajouter d'un air coquin :

— Quel dommage ! Un grand lit pour nous seuls et on ne va pas pouvoir en profiter.

— On pourrait dormir encore cinq minutes, ai-je suggéré avec un sourire mutin.

— J'avais autre chose en tête.

La deuxième fois a été très différente de la première. C'était mieux, infiniment mieux. Puis je me suis endormie dans les bras de Jim et des coups à la porte m'ont tirée du sommeil : on nous a annoncé qu'il fallait libérer la chambre dans une demi-heure. J'avais peur, en me réveillant, que tout ne soit qu'un rêve, que Jim ait disparu, mais il était encore là.

On a repris la route bien que j'aie envisagé quelques instants de vider mon compte en banque pour nous offrir une autre nuit à l'Hôtel du Manoir.

— Mmmm, c'était plutôt cool à part les imprimés fleuris qui font mal aux yeux, a ironisé Jim quand je lui ai fait part de mon idée.

Je l'ai foudroyé du regard.

— Ce n'est pas la déco qui me plaisait. Du moment que ça ne ressemblait pas à une tente !

— Une vraie princesse ! Si ça t'intéresse, il reste une place libre dans ma tente à moi.

— Je me demande comment vont réagir les autres.

— Personnellement, je m'en fiche. Il n'y a que toi qui comptes. Tu sais à quoi j'ai pensé hier soir, quand tu dormais et que je te serrais dans mes bras ?

— Quoi ? ai-je répondu d'une voix tremblante.

— Toi et moi, c'était inévitable. Toi seule sais me rendre heureux.

— C'est réciproque. Mais ce n'est pas comme avant, il me semble. Maintenant, je suis beaucoup plus mûre que toi.

Jim a levé les yeux au ciel.

— Fini, ces histoires d'amitié et de baisers volés. Là, on est ensemble, pour de vrai.

— Si ça te va, ça me va aussi. Partante ?

Je lui ai tiré les cheveux.

— Si tu me brises encore le cœur, je te tue.

Jim m'a attirée contre lui et m'a enlacée. Je me suis blottie contre son épaule.

— Ça n'arrivera plus, a-t-il promis. J'y ai laissé trop de plumes, moi aussi.

J'entendais le battement régulier de son

cœur, je sentais l'odeur de sa peau, un mélange de savon et de citron. Une main sur le volant, Jim s'est mis à fredonner la chanson vieillotte qui passait à la radio. Devant nous, la route s'étendait à perte de vue.

Achevé d'imprimer sur les presses de

BUSSIÈRE

GROUPE CPI

à Saint-Amand-Montrond (Cher)
en décembre 2006

Cet ouvrage a été composé par
PCA - 44400 REZÉ

POCKET *jeunesse*

12, avenue d'Italie – 75627 PARIS Cedex

— N° d'imp. 063815/1. —
Dépôt légal : février 2006.
Suite du premier tirage : décembre 2006.

Imprimé en France